Deseo™

D1562350

Domando al jefe

MAXINE SULLIVAN

Harlequin™

Editado por HARLEQUIN IBÉRICA, S.A.
Núñez de Balboa, 56
28001 Madrid

I.S.B.N.: 978-84-9000-798-3
Depósito legal: B-29433-2011
Editor responsable: Luis Pugni
Preimpresión y fotomecánica: M.T. Color & Diseño, S.L.
C/ Colquide, 6 portal 2 - 3º H. 28230 Las Rozas (Madrid)
Impresión en Black print CPI (Barcelona)
Fecha impresion para Argentina: 23.4.12
Distribuidor exclusivo para España: LOGISTA
Distribuidor para México: CODIPLYRSA
Distribuidores para Argentina: interior, BERTRAN, S.A.C. Vélez
Sársfield, 1950. Cap. Fed./ Buenos Aires y Gran Buenos Aires,
VACCARO SÁNCHEZ y Cía, S.A.
Distribuidor para Chile: DISTRIBUIDORA ALFA, S.A.

Capítulo Uno

–¿Qué estás haciendo aquí?

A Samantha estuvo a punto de caérsele el bolígrafo cuando alzó la cabeza. La luz del escritorio arrojaba suficiente luz como para que pudiera ver al guapísimo hombre que estaba de pie en el umbral.

–Blake, me has asustado.

El corazón no se le tranquilizó cuando vio quién era, de hecho se le aceleró al verlo vestido con aquel traje oscuro que tan bien se ajustaba a su tonificado cuerpo. Su imponente presencia era la de un hombre nacido para mandar. Ése era Blake Jarrod, dueño de Empresas Blake Jarrod, los hoteles de Las Vegas y ahora nuevo presidente de Jarrod Ridge, el conocido complejo propiedad de su familia en Aspen, Colorado.

Ella era su asistente desde hacía dos años, así que no tenía nada de raro que estuviera en su despacho a las diez de la noche. El hecho de que en aquel momento estuvieran en Aspen, en Jarrod Manor, y que estuviera utilizando el escritorio del despacho del difunto padre de Blake no cambiaba las cosas. Tenía sus motivos para estar allí. Y estaban relacionados con su jefe.

O con su futuro exjefe.

–Es tarde –dijo él interrumpiendo sus pensamientos como solía hacer.

Samantha aspiró con fuerza el aire y miró la carta que tenía delante, dándose una última oportunidad para cambiar de opinión. Entonces recordó aquella última noche. La gota que colmó el vaso fue ver a una famosa actriz rubia coquetear descaradamente con Blake mientras él se quedaba sentado disfrutando de ello.

Samantha no podía culparlo por querer probar lo que se le ofrecía. El problema estaba en que ella también quería probar un poco. Normalmente se vestía con finos trajes de chaqueta tanto si estaba en Las Vegas con Blake o allí en Aspen, pero aquella noche se había excedido. Se había puesto un ajustado vestido de noche de color crema pensado para llamar su atención y se había recogido el largo y castaño cabello en un moño, cuando normalmente lo llevaba sujeto en la nuca con una pinza. Pero ahora tenía claro que entre Blake y ella nunca iba a suceder nada.

Se dio cuenta de ello cuando la miró y ella sonrió con todas sus fuerzas. Entonces Blake se dio la vuelta y volvió a centrarse en la actriz sin mirar atrás, rechazándola como lo había hecho Carl. Su momento de gloria había sido así de breve. Entonces tomó la decisión. La única que podía tomar.

Alzó la vista.

–Sí, Blake, es tarde.

Demasiado tarde.

Él se acercó al escritorio como si hubiera presentido que algo no iba bien.

–Creí que habías dicho que ibas a volver a Pine Lodge.

Ésa había sido su intención. Incluso estuvo en el vestíbulo con el abrigo en los hombros, esperando al lado del portero a que el aparcacoches le llevara su todoterreno. Estaba decidida a regresar a su alojamiento privado en el complejo, ella en su habitación y Blake en la suite principal.

Entonces alguien entró en el hotel y las puertas se abrieron. El helado viento de la noche la golpeó en la cara, congelándola hasta los huesos, haciéndole recordar que no importaba lo que se pusiera ni lo que hiciera, su jefe nunca se fijaría en ella. Entonces se dio la vuelta y se dirigió al ascensor privado para subir al despacho situado en la zona familiar del hotel.

–Tenía algo que hacer antes –dijo.

Los ojos de Blake reflejaban un brillo de alerta.

–Es viernes por la noche. El trabajo puede esperar a mañana.

Habían trabajado todos los sábados para tratar de mantener el ritmo necesario hasta que se fueran a vivir allí de forma permanente. Pero eso no iba a ocurrir. Al menos, no en su caso.

–Esto no puede esperar.

Blake se detuvo y la miró con sus azules ojos entornados.

–¿A qué te refieres?

Ella tragó saliva.

—A mi dimisión.

Los ojos de Blake mostraron un destello de asombro.

—¿De qué estás hablando? —le preguntó con voz pausada.

Controlada. Él siempre se controlaba, sobre todo en lo que a ella se refería.

—Es hora de que siga adelante, Blake. Eso es todo.

—¿Por qué?

La pregunta le cayó como un perdigón, pero se las arregló para encogerse de hombros.

—Porque sí.

Blake apoyó las manos en el escritorio y se inclinó hacia ella.

—¿De qué va esto, Samantha? ¿Cuál es la verdadera razón por la que te quieres ir?

Se había enfrentado a él alguna vez por asuntos de trabajo, pero aquello… aquello era personal. Samantha se levantó cuidadosamente de la silla quedando sobre sus altos tacones y luego se acercó a mirar por la ventana que tenía detrás.

La escena que había abajo en el lujoso complejo resultaba sorprendentemente encantadora en octubre. Aquella noche, escondidas entre los altos picos, las parpadeantes luces de la dormida aldea brillaban en la brisa alpina. Para una chica del sur de California que ahora vivía en Las Vegas, aquel lugar tenía algo distinto. Tenía corazón.

—Es hora de que me vaya —dijo sin dejar de darle la espalda.

—¿No eres feliz aquí?

—¡Sí! —le espetó girándose. Entonces se estremeció por dentro, consciente de que sonaba contradictoria.

Lo cierto era que se sentía un poco tristona desde que Melissa, la hermana de Blake, anunció unas semanas atrás que estaba embarazada. Se alegraba por ella, así que no entendía por qué se sentía molesta. Pero desde entonces no había sido capaz de sacudirse la sensación de tristeza.

Blake se apartó del escritorio.

—Entonces, ¿cuál es el problema?

«Tú. Quiero que te fijes en mí. Maldita sea, te deseo».

Pero, ¿cómo decirle eso a un hombre que no la veía como a una mujer? Era su ayudante, la persona en la que confiaba. Samantha nunca había actuado de forma femenina con él. Mantenía una actitud estrictamente profesional. Mirando ahora hacia atrás, pensó, tal vez tendría que haber mostrado su lado femenino. Si lo hubiera hecho, tal vez ahora no se vería en esa situación.

Tampoco es que estuviera enamorada de él. Se sentía intensamente atraída. Era un hombre excitante y carismático que encandilaba a las mujeres sin esfuerzo.

Y Samantha quería que la encandilara.

Quería estar entre sus brazos en la cama.

Oh, Dios, ahora sabía que nunca se fijaría en ella. Hasta el momento había mantenido un brillo de esperanza, pero tras el rechazo que había sufrido por su parte aquella noche era consciente de que si Blake sabía que lo deseaba, todo cambiaría. Se sentiría completamente avergonzada, y él también. No podría trabajar así. Se sentiría tan humillada como con Carl. Era mejor marcharse con cierta dignidad.

–¿Samantha?

Escuchar su nombre de sus labios la afectó como nunca antes. Inclinó la cabeza para mirarlo.

–¿Sabes qué, Blake? Nunca me has llamado Sam. Ni una sola vez. Siempre soy Samantha.

Él frunció el ceño.

–¿Qué tiene eso que ver?

Todo.

Quería ser Sam de vez en cuando. Sam, la mujer que había dejado su vida sencilla en Pasadena para abrazar la emoción de Las Vegas después de que una relación amorosa le saliera mal. La mujer que quería tener una relación puramente física con un hombre al que admiraba, sin volver a arriesgar su corazón. No Samantha la asistente personal que lo ayudaba con el trabajo y con sus asuntos personales y lo mantenía todo en orden, tal y como a él le gustaba. No podía creer que hubiera pensado que podría tener una oportunidad con él.

Y seguía esperando una respuesta.

–Tengo mis motivos para dimitir, y creo que eso es lo único que necesitas saber.

–¿Alguien te lo está haciendo pasar mal? –le

preguntó con sequedad–. ¿Alguien de mi familia? Hablaré con ellos si es así. Cuéntamelo.

Ella sacudió la cabeza.

–Tu familia es maravillosa. Son… –Samantha vaciló y lamentó no haberse dado más tiempo para que se le ocurriera una respuesta adecuada.

No esperaba estar allí aquella noche escribiendo su carta de dimisión. Ni que Blake apareciera. Dio por hecho que habría ido a alguna discoteca con Miss Hollywood.

–Sencillamente, quiero algo más, ¿de acuerdo? No tiene nada que ver contigo ni con tu familia.

Blake alzó una ceja.

–¿Quieres algo más que viajar en primera clase y vivir en un lugar privilegiado?

–Sí –tenía que andarse con cuidado–. De hecho, estoy pensando en volver durante un tiempo a casa, a Pasadena –improvisó y se dio cuenta de que no era tan mala idea después de todo–. Hasta que decida qué quiero hacer después.

–Creo recordar que dijiste que te habías marchado de Pasadena porque buscabas un poco más de emoción.

Sí, lo había dicho. Y era cierto, quería algo más que las clases semanales de piano y los fines de semana de compras con sus amigas. Pero de eso hacía más de cuatro años. Se había enamorado de un joven arquitecto que se marchó a recorrer mundo después de que ella le dijera que lo amaba, así que decidió divertirse ella también.

Su trabajo con Blake le había proporcionado esa emoción sin ninguna implicación emocional. Hasta ahora. Aunque se trataba de deseo, no de amor.

Los ojos de Blake la atravesaron como dardos.

–Parecías bastante contenta antes de que nos trasladáramos a Aspen.

–Lo estaba… lo estoy… Quiero decir…

Oh, diablos. Se estaba haciendo un lío. Cuando Blake le dijo que iba a volver a casa y que quería que fuera con él, se sintió encantada. Su extraño padre había establecido que todos sus hijos debían volver a Jarrod Ridge y pasar allí un año si no querían perder su herencia. Blake, que era el mayor por haberse adelantado unos minutos a su gemelo Guy, había asumido el reto de llevar el complejo.

A Samantha le había encantado la idea y habían estado viajando entre Aspen y Las Vegas durante los últimos cuatro meses arreglándolo todo. Blake mantendría sus hoteles pero pasaría la mayor parte del tiempo en Aspen. Ella estaba entusiasmada con la idea. Hasta esa noche.

Se aclaró la garganta.

–Toda mi familia y mis amigos están en Pasadena. Los echo de menos.

–No sabía que tuvieras amigos.

Samantha torció el gesto.

–Muchas gracias.

–Ya sabes a qué me refiero –respondió él con impaciencia–. Siempre estás trabajando o viajando conmigo, y sólo vuelves a casa por vacaciones. Tus amigos no habían sido nunca antes una prioridad.

—Supongo que eso ha cambiado.

Por suerte, Carl no había regresado nunca. Se enteró de que se había casado con una joven inglesa. Por supuesto, el tiempo y la distancia acabaron demostrándole que en realidad nunca había estado enamorada de él. Se enamoró de la idea de estar enamorada de un hombre que hablaba de aventuras en lugares lejanos. Pensó que podrían emprenderlas juntos. Dios, ¿por qué se empeñaba en desear a hombres que no la deseaban a ella?

Blake le sostuvo la mirada.

—Entonces, ¿qué vas a hacer después de pasar por Pasadena?

—No estoy segura. Ya encontraré algo. Tal vez alguno de los pocos amigos que tengo me ayude a encontrar un trabajo —se mofó.

Lo único que sabía era que no seguiría trabajando para Blake ni en Aspen ni en Las Vegas. Necesitaba cortar de raíz.

Blake la miró con fijeza.

—Tienes muchos contactos. Podrías utilizarlos.

Samantha sintió un nudo en la garganta. Parecía que estaba empezando a aceptar su decisión. Y eso demostraba mejor que nada que ella no le importaba. Sólo era una empleada más para él.

—Estoy pensando en dejar el trabajo de secretaria.

–¿Y hacer qué?

–No lo sé –inspiró con fuerza–. En cualquier caso, me gustaría dejar Aspen lo antes posible para poder arreglar las cosas en Las Vegas antes de volver a casa. No me llevará más de un par de días.

Blake le escudriñó el rostro.

–No me lo estás contando todo –aseguró.

–No hay nada más que contar –Samantha sintió que el corazón le golpeaba con fuerza contra las costillas–. Tengo una vida y una familia aparte de ti, Blake, por mucho que te cueste creerlo –no podía seguir soportando aquello, así que se acercó al escritorio y agarró la carta–. Por eso te agradecería que aceptaras mi dimisión –se acercó a él–. Me gustaría marcharme de aquí lo antes posible. Mañana, incluso –le tendió la carta.

Blake no la agarró.

Se hizo el silencio, y luego él dijo:

–No.

Samantha contuvo el aliento.

–¿Cómo?

–No, no acepto tu carta de dimisión, y menos avisando con tan poco tiempo. Te necesito aquí conmigo.

Sus palabras provocaron un escalofrío en ella hasta que recordó lo sucedido aquella noche. Había sido una tortura ver cómo coqueteaba con aquella actriz. ¿Cómo iba a quedarse y fingir que no quería a Blake para ella? Continuó tendiéndole la carta.

–No puedo quedarme, Blake. De verdad, me tengo que ir.

Blake ignoró el trozo de papel hasta que Samantha bajó la mano.

–Soy el nuevo presidente aquí. No sería profesional que me dejaras en la estacada ahora.

Se sentía un poco mal por eso, pero se trataba de su supervivencia emocional.

–Lo sé, pero hay otras personas capaces de reemplazarme. Ponte en contacto con una buena agencia de empleo. Si quieres lo haré yo por ti antes de irme. Habrá otra persona encantada de trabajar en Jarrod Ridge. Podría estar aquí el lunes.

Blake apretó los labios.

–No.

Ella alzó la barbilla.

–Me temo que no tienes elección.

–¿Ah, no? –Blake se acercó un poco más–. No puedes marcharte sin avisar con un mes de antelación. Está en tu contrato.

Ella contuvo el aliento.

–Pero podrás hacer la vista gorda por mí, ¿no? Te he dado dos años de mi vida, Blake, y he trabajado muy bien. He estado a tu servicio permanentemente. Creo que me debes esto.

–Si insistes en marcharte antes de que acabe tu contrato, te veré en los tribunales –Blake hizo una pausa significativa–. No creo que eso quedara muy bien en tu currículum, ¿verdad?

–¡No te atreverás!

–¿Crees que no? Esto son negocios –afirmó él–. No te lo tomes como algo personal.

Samantha estuvo a punto de atragantarse.

Ése era el problema. Todo era una cuestión profesional entre ellos. No había nada personal.

Le temblaron las manos de rabia mientras doblaba la carta en cuatro. Luego se inclinó hacia delante y se la guardó a Blake en el bolsillo de la chaqueta.

–De acuerdo. Tendrás tu mes. Dos semanas aquí y dos semanas en Las Vegas para terminar. Y después me marcharé a Pasadena –pasó por delante de él.

Blake le agarró rápidamente el brazo y la miró a los ojos. Era la primera vez que la tocaba adrede y algo ocurrió entre ellos. Samantha vio el destello de sorpresa en su mirada antes de que le soltara el brazo. A ella también le había sorprendido.

–Nunca acepto un no por respuesta, Samantha. No lo olvides.

–Siempre hay una excepción para toda regla. Y yo soy esa excepción, señor Jarrod.

Samantha seguía temblando cuando salió del todoterreno y subió a su habitación de Pine Lodge. Estaba enfadada por la negativa de Blake a dejarla ir sin un mes de aviso, y emocionada por el brillo que habían mostrado sus ojos cuando la tocó. ¿Estaba loca por buscar más de lo que había?

El corazón se le aceleró al pensar que pudiera sentirse atraído por ella. Sólo había hecho falta una décima de segundo para que supiera lo que era que aquel hombre la deseara. ¿Se dejaría Blake llevar por los impulsos? Al recordar cómo le había soltado la mano al instante, supo que no.

Pero le habría gustado, y ésa era la diferencia entre Carl y él. Había tenido otra relación física muchos años atrás, cuando era adolescente, pero al mirar atrás sabía que había sido una relación inmadura. Desde entonces sólo había estado Carl, que sólo estaba interesado en darle algún que otro beso.

Pero esa noche con Blake había sabido por un instante lo que era sentirse deseada de verdad por un hombre. Y eso le daba esperanzas de que con un poco de impulso, podría hacerlo suyo. ¿Qué tenía que perder ahora? Si volvía a casa sin aprovechar la oportunidad de convertirse en la amante de Blake, siempre se preguntaría qué se sentiría al recibir sus besos, sus abrazos, al unir sus cuerpos. Y siempre lamentaría lo que podría haber sido y no fue.

Frunció el ceño. ¿Cómo podría volver a captar su atención y mantenerla? Hasta el momento lo había intentado todo y nada había funcionado. Había tratado de mostrarse lo más atractiva posible para él sin ningún resultado. Había tratado incluso de coquetear durante la cena y a cambio había terminado sintiendo celos de la habilidad de aquella actriz para flirtear con tanta naturalidad. Si ella fuera capaz de actuar como…

Entonces se le encendió una luz. No podía creer que no se le hubiera ocurrido antes, pero si coquetear con Blake no había servido para que se fijara en ella, entonces tal vez necesitara que lo despertaran. Tal vez necesitara una actuación de Oscar. Y un poco de celos.

Pero Blake no era la clase de hombre al que le gustaban las cosas fáciles. La manera de hacerlo tenía que ser mostrándose un poco reacia al menos. En caso contrario no estaría interesado.

¿Y qué mejor forma de llamar su atención que mostrándole que otros hombres la deseaban? Blake no sería capaz de resistirse al reto. Durante la última semana, al menos dos hombres atractivos habían querido invitarla a cenar pero ella los había rechazado. No quería estar con otro hombre que no fuera Blake. Seguía sin querer, pero no hacía falta que él lo supiera.

A partir del día siguiente se dejaría cortejar por los hombres que la desearan. No estaba dispuesta a ir más lejos que tomar una copa o cenar, pero quería seguir siendo Samantha la estirada el tiempo que le quedaba allí. Sam Thompson estaba a punto de salir del cascarón.

Cuando Samantha salió de su despacho, Blake se quedó allí de pie durante un minuto, asombrado por el encuentro que había tenido con su ayudante, y no sólo porque ella quisiera dimitir. Cuando la tocó sintió un deseo irrefrenable de estrecharla entre sus brazos y hacerle el amor. Ella también lo había sentido. Lo vio en sus ojos azules aunque tratara de ocultarlo. Extrañamente, aquello lo excitaba. No estaba acostumbrado a que las mujeres guapas se contuvieran. Normalmente se entregaban a él.

Estaba claro que a Samantha la había pillado tan de sorpresa como a él. Y estaba igual de claro que no iba a hacer nada al respecto. Seguramente no sabría cómo actuar. Durante los dos años que había trabajado para él no la había visto salir con nadie. Era una mujer bella que socializaba con clase y elegancia en los actos sociales a los que acudían juntos, pero no parecía que hubiera ningún hombre en su vida.

Cierto que él la mantenía muy ocupada, pero muchas veces se había preguntado si no habría tenido alguna mala relación en el pasado. Aunque ahora nada de aquello importaba, se dijo mientras se acercaba a la ventana y veía el todoterreno de Samantha recorrer la corta distancia hasta el alojamiento que compartían. Esperó a ver cómo desaparecía entre las cabañas hasta perderse de vista antes de dar rienda suelta a sus pensamientos.

Maldita fuera.

No estaba acostumbrado a quedarse de piedra, pero ella le había lanzado una bomba aquella noche. ¿Cómo se le ocurría dejarlo en un momento así? Era su mano derecha. La asistente que se aseguraba de que todo marchara como un reloj. No podría hacerlo sin ella, y menos ahora que había vuelto a casa para encargarse del complejo. Su hermano Gavin y él ya habían hablado de

17

construir un nuevo bungaló de alta seguridad para sus clientes más elitistas en una zona apartada.

Entonces, ¿por qué justo cuando más la necesitaba quería dejarlo en la estacada? Esperaba algo más de ella que aquella deserción. La excusa de que quería volver a casa una temporada no tenía sentido. No era de las que se dejaban llevar por las emociones, igual que él. Eso era lo que más le había gustado de ella desde el principio. Ahora el instinto le decía que no le estaba contando toda la verdad.

Pero si no podía ser sincera después de haber trabajado juntos codo con codo, entonces algo no iba bien. Le servía como recordatorio de que no se podía confiar en nadie. Una persona podía creer que lo tenía todo, y un instante después se veía sin nada. ¿No había sido así desde que su madre murió de cáncer cuando él tenía seis años y su padre se apartó emocionalmente de todos? Fue como si su padre y su madre hubieran muerto al mismo tiempo. Blake había crecido decidido a mantenerse completamente alejado de cualquier atadura emocional.

De acuerdo, Donald Jarrod tuvo el coraje suficiente para conseguir que sus cinco hijos fueran unos triunfadores, pero ¿a qué precio? Cuatro de sus hijos habían partido años atrás para conseguir sus propios objetivos en otros lugares del país. Guy poseía un famoso restaurante francés en Manhattan y dirigía otras empresas. Gavin era ingeniero de obras y Melissa era masajista licenciada con su propio spa en Los Ángeles. Trevor era el único que se había quedado en Aspen, pero había decidido no tener nada que ver con el complejo y había emprendido su propio y exitoso negocio de marketing.

Blake no había visto mucho a sus cuatro hermanos pequeños durante los últimos diez años. Se sentía más cerca de Guy porque era su hermano gemelo, pero había seguido echándoles un vistazo a los demás. Si le hubieran necesitado, habría estado allí. Por supuesto, también tenía en cuenta a su hermanastra Erica, que había aparecido hacía poco y ahora formaba parte de la familia.

Desgraciadamente, ahora tenía que apoyarse en todos ellos para asegurarse de que aquel lugar siguiera siendo un éxito. No era una sensación que le resultara agradable. No le gustaba apoyarse en nadie, aunque siempre había pensado que podía contar con Samantha.

Pero estaba claro que no podía.

Sintiéndose inquieto, miró por la ventana hacia el conocido complejo de esquí que había sido desde siempre su único hogar. Por mucho que tratara de olvidarlo, llevaba a Jarrod Ridge en la sangre.

Ahora era su director, una gran responsabilidad, y no estaba dispuesto a permitir que Samantha lo dejara colgado cuando más la necesitaba. Aunque transcurriera un mes, seguiría necesitándola a su lado. Era importante para el complejo que el cambio de dirección fuera lo más suave posible, y sólo Samantha podía ayudarlo a hacerlo. Era la mejora asistente que había tenido en su vida y no estaba dispuesto a perderla. Encontraría la manera de hacer que se quedara, al menos hasta que el nuevo bungaló estuviera construido y en funcionamiento.

Dejó escapar un suspiro y se inclinó sobre su escritorio, tomando asiento en la silla de cuero para sacar la carta de dimisión que tenía en el bolsillo de la chaqueta. La leyó con la esperanza de encontrar alguna pista de lo que estaba pasando por la cabeza de Samantha. La carta era tan profesional como había esperado. Ninguna sorpresa. Blake frunció el ceño, dejó la carta y jugueteó con una pluma entre los dedos mientras trataba de pensar. No lo entendía.

El metal de la pluma pasó del frío al calor en cuestión de segundos, recordándole a su fría y distante asistente que se había calentado ante su contacto. El corazón le dio un vuelco. ¿Volvería a calentarse Samantha si la tocaba otra vez? Una oleada de deseo lo atravesó al recordar la electricidad que había surgido entre ellos cuando le agarró el brazo. Samantha no parecía saber lo que deseaba, pero él conocía a las mujeres. Lo deseaba a él. Había reaccionado a su contacto.

Y si ése era el caso, entonces tal vez la tocara más para que permaneciera a su lado el tiempo que fuera necesario. Estaba seguro de que podría convencerla para que se quedara al menos otros seis meses. Para entonces ambos estarían preparados para poner fin a la relación. A principios del nuevo año ya no necesitaría su ayuda, y entonces la reemplazaría por otra, tanto en la oficina como en la cama. Ninguna mujer le había durado más tiempo. Lo único que podía ofrecer eran aventuras cortas.

En cuanto a Samantha, era una mujer independiente. No tendría dificultades para seguir adelante cuando llegara el momento.

Por el momento, sería un placer para él despertar a la mujer que había en ella. Seducir a Samantha iba a convertirse definitivamente en una tarea prioritaria.

Capítulo Dos

Samantha sintió cómo se le aceleraba el corazón cuando se despertó al amanecer a la mañana siguiente y recordó lo que había hecho. Le había entregado a Blake su carta de dimisión. Estaría fuera de su vida en un plazo de un mes. Trató de imaginar lo que sería estar lejos de él el resto de su vida, pero la idea le provocó unas estúpidas ganas de llorar.

Inspirando con fuerza, trató de poner las cosas en perspectiva. Ya había cambiado de vida en el pasado. No había sido tan duro. Por supuesto, dejar Pasadena había sido una aventura además de una huida. Pasaría mucho tiempo antes de que pudiera huir de la atracción que sentía por Blake Jarrod.

Entonces recordó el plan que había urdido la noche anterior. En el momento le pareció una idea brillante, pero ahora no estaba tan segura de si debería salir con otros hombres para tratar de poner celoso a Blake. No le parecía bien manipular la situación de ese modo.

Y eso la situaba exactamente… en ninguna parte.

Al recordar el escalofrío que había sentido ante el contacto de Blake, se preguntó si de ver-

dad quería marcharse sin darles una oportunidad a ambos. Resultaba tranquilizador saber
que él no quería implicarse emocionalmente,
pero convertirse en su amante y conservar para
siempre el recuerdo de haber estado entre sus
brazos… ¿no tendría que hacerlo por ella misma?

Podía hacerlo. Aquél era un objetivo alcanza-
ble. Tal vez no fuera una seductora, pero era
considerada una mujer atractiva y sabía cómo
coquetear. Y aunque no hubiera funcionado
con Blake durante la cena la noche anterior, sabía que podía interesarles a otros hombres allí
en Aspen.

Retirando las sábanas como si estuviera arro-
jando lejos sus ataduras, saltó de la cama. Tras
ducharse, pensó que sería prudente mantener
toda la distancia posible con Blake a partir de
ahora. No podría atraer a ningún otro hombre
si estaba todo el tiempo con él.

Lo primero era lo primero.

Aparte de las doncellas del hotel que arregla-
ban Pine Lodge cada día, Blake y ella habían decidido ser prácticamente autosuficientes. La nevera tenía normalmente comida, o comían en
Jarrod Manor, el alojamiento principal del complejo, en el que algunos miembros de la familia
habían decidido vivir.

Normalmente tomaban juntos un desayuno
ligero. Sorprendentemente, Blake no se había
llevado a ninguna mujer al refugio desde que
ella estaba allí. Luego caminaban la escasa dis-

tancia hasta el antiguo despacho de su padre. Todo lo relacionado con los hoteles de Las Vegas de Blake se mantenía separado, en el despacho que habían improvisado en una esquina del enorme salón. Aquel trabajo solía hacerse todas las noches después de cenar. Había mucho que hacer con los dos negocios, sobre todo ahora que allí estaba empezando la temporada de esquí. A Samantha no le importaba estar tan ocupada. Además, así tenía cerca a Blake.

Pero ese día era distinto. Quince minutos más tarde, cerró despacio la puerta de la cabaña y salió sin esperarlo. El sol de Colorado se despertaba mientras ella aspiraba el aire cristalino y caminaba por las ventosas calles de postal. Al acercarse al magnífico hotel, un escalofrío le recorrió el cuerpo. Con su edificio principal de piedra completado con alas para huéspedes a ambos lados, los tejados puntiagudos y los balcones de hierro con nieve congelada, parecía un castillo encantado.

El portero la saludó cuando entró en el hotel bajo el arco de piedra que llevaba a la entrada. Samantha sonrió y atravesó el enorme vestíbulo dotado de mesas y sillas. Como todavía no era temporada alta, a aquellas horas de la mañana estaba muy tranquilo y sólo había unos cuantos huéspedes. Una pareja joven observaba las fotos de las montañas expuestas en las paredes de madera. Otras parejas más maduras parecían dispuestas a salir ya a pasear por alguna de las muchas atracciones turísticas.

En la zona de desayuno no estaban mejor las

cosas. Samantha suspiró mientras removía un plato de huevos del bufé. ¿No podía haber algún hombre mínimamente atractivo a la vista aquella mañana? No podría darle celos a Blake si no encontraba algún hombre con el que coquetear.

Alzó la cabeza y vio a la hermanastra de Blake, Erica Prentice, que salía de la zona de la cocina y atravesaba la estancia con Joel Remy, el médico del complejo. Joel era alto, rubio y atractivo, y le había pedido una cita la semana anterior que ella había rechazado sin pararse a considerarlo.

Las cosas habían cambiado.

Erica la vio y parpadeó sorprendida cuando se acercó a su mesa.

—Samantha, ¿qué haces desayunando sola?

A Samantha le caía bien Erica, que no supo que pertenecía a la familia Jarrod hasta hacía unos meses. A raíz de eso, Erica se había prometido con el abogado de la familia Jarrod, Christian Hanford, y todo el mundo estaba encantado. Todos excepto Blake. Guy había tardado también un tiempo en hacerse a la idea. Erica era una especialista en relaciones públicas que se había entregado al complejo, dispuesta a echar una mano allí donde se necesitaba, igual que el resto de los miembros de la familia. Samantha no entendía la actitud de Blake hacia ella.

Le sonrió a la mujer.

—Me he levantado temprano, así que pensé en adelantarme al jefe.

Erica se rió.

—Sí, supongo que al ser ayudante de Blake tendrás que hacerlo de vez en cuando.

Samantha deslizó la mirada hacia el hombre que estaba al lado de Erica.

—Buenos días, Joel. Tú también has madrugado.

El médico sonrió.

—Una de las cocineras se ha quemado la mano, pero por suerte ha sido una herida menor.

Samantha asintió y dijo:

—¿Dónde están mis modales? Por favor, sentaos a desayunar conmigo.

Como si hubiera percibido algo, Erica miró primero a uno y luego a otro e iba a decir algo cuando el médico se le adelantó.

—Me temo que no puedo, Sam —aseguró Joel—. Tengo que atender otra urgencia. Pero, ¿qué te parece si te compenso? Es sábado por la noche y es mi noche libre. Si te apetece, me encantaría invitarte a cenar.

Samantha lo habría besado, pero se las arregló para mantener la compostura. Si Blake no se ponía celoso con aquello, al menos se divertiría un poco.

Pensar en Blake hizo que apareciera. En aquel momento estaba cruzando el vestíbulo con una mueca torcida y se dirigía al ascensor privado. A Samantha le dio un vuelco el corazón cuando él miró hacia ellos y la vio desayunando allí. Cambió de rumbo y se dirigió hacia ella.

Samantha se giró hacia Joel y esperó unos instantes a que Blake estuviera más cerca.

–¿Cenar esta noche? –preguntó alzando un poco la voz–. Sí, me encantaría, Joel.

El médico sonrió.

–Estupendo. ¿Qué te parece si te recojo a las siete y media?

–Perfecto.

Blake ya estaba casi en la mesa.

–Será mejor que vaya a ver a mi próximo paciente –dijo Joel inclinando la cabeza al marcharse–. Buenos días, Blake.

Blake lo saludó con una inclinación de cabeza, se detuvo al lado de la mesa y clavó la vista en Samantha.

–No me has esperado.

Ella se recordó que a aquel hombre no le gustaban las cosas fáciles.

–Te he deslizado una nota por debajo de la puerta. Además, te recuerdo que empiezo a trabajar a las nueve y hasta entonces mi tiempo es mío –dijo, consciente de la mirada interrogativa de Erica sobre ella.

Blake miró a su hermanastra irritado y luego apartó la vista, señalando con la cabeza a Joel.

–¿Qué quería el médico?

¿Estaría ya celoso? Sintió un estremecimiento de emoción, pero antes de que pudiera contestarle, Erica dijo:

–Joel va a llevarse a Samantha a cenar esta noche.

Blake parpadeó sorprendido, pero se recobró al instante. Entornó sus ojos azules al mirar a Samantha.

–No puedes ir. Necesito que trabajes un par de horas esta noche. Espero una llamada importante.

–Lo siento, Blake, pero tengo derecho a un poco de tiempo libre.

Él sacudió la cabeza.

–Esta noche no, me temo. Lo haría yo mismo, pero como sabes, tengo que asistir esta noche a un acto en la ciudad –la miró con satisfacción–. Por eso te pago tan bien.

A Samantha se le puso el estómago del revés. Quería que se pusiera celoso, había imaginado que le pondría problemas con el trabajo… pero no esperaba que se mostrara tan obstructivo.

Bien, pues a ella no le gustaba que le dijeran lo que tenía que hacer. Alzó la vista para mirarlo.

–Sólo durante un mes más –señaló con voz suave.

Blake apretó los labios.

–Escucha…

–Blake –intervino Erica interrumpiéndolo–. Creo sinceramente que estás siendo muy injusto. Si es necesario, alguien de nuestro personal puede…

–Ocúpate de tus propios asuntos, Erica –le espetó él haciendo que ambas mujeres se quedaran boquiabiertas–. Lo siento –Blake torció el gesto–. No debería haber dicho eso –miró a Samantha–. Ve si debes hacerlo –dijo girándose sobre sus talones antes de marcharse de allí.

–Oh, Dios mío, ha sido terrible, Erica –murmuró Samantha–. No sé qué le ha pasado.

Erica se quedó mirando cómo su hermanastro entraba en el ascensor.

–Yo sí.

Samantha suspiró.

–Sí, parece que tiene un problema contigo, ¿verdad? Estoy segura de que pronto se acostumbrará a tener una nueva hermana.

–Hermanastra –lo corrigió Erica con una sonrisa triste antes de tomar asiento frente a ella–. Samantha, no creo que sea conmigo con quien se ha molestado. ¿Qué pasa entre vosotros dos?

Samantha no estaba muy segura de poder confiar en la otra mujer. Después de todo, Erica era una Jarrod. Sin embargo, los demás tendrían que saberlo en algún momento.

–Le he entregado mi carta de dimisión. Me voy dentro de un mes.

–¿Cómo? ¡Pero por qué! –exclamó Erica–. Creí que te encantaba tu trabajo –extendió la mano por encima de la mesa y tomó la mano de Samantha–. Por favor, no te vayas. Me encanta que estés aquí. Eres parte de la familia.

Samantha sintió que el corazón le daba un vuelco. Estaba empezando a conocer a la familia de Blake y, sin embargo, ahora tenía que marcharse.

–Es hora de cambiar.

Erica le dirigió una mirada penetrante.

–Hay algo que te tiene preocupada últimamente –se detuvo un instante–. Blake te necesita, Samantha.

Para el trabajo, nada más.

–Sí, ha dejado muy claro que por eso me va a hacer cumplir con mi contrato hasta el próximo mes –no pudo evitar apretar los labios–. Me ha dicho que no es nada personal.

–Entiendo.

Samantha se dio cuenta entonces de que tal vez había hablado demasiado. Pero entonces Erica sonrió.

–¿Sabes qué hago yo cuando me siento triste? Me voy de compras. ¿Qué te parece si te llevo a la ciudad después de comer y compramos un vestido para que te pongas esta noche?

–Eres un encanto, pero ya tengo suficientes vestidos. Y además, tengo que trabajar. Blake va a asegurarse de exprimirme hasta el final a partir de ahora.

Erica desdeñó aquella idea con un gesto de la mano.

–Apuesto a que la mayoría de tu ropa sirve para Las Vegas, no para aquí. Y vamos, por favor… ninguna mujer tiene suficientes vestidos –bromeó con una sonrisa–. Además, creo que a Blake le vendrá bien estar un par de horas sin ti –le guiñó un ojo–. Se lo debo por haber sido tan idiota.

Samantha se lo agradeció y trató de sonreír, pero no pudo.

–Erica, no es una buena idea –a pesar de estar enfadada con Blake, era consciente de que tal vez lo hubiera presionado demasiado aquel día.

Quería ponerle celoso, no provocarle un ataque al corazón.

–Vamos, querrás estar guapa esta noche para Joel, ¿no?

Samantha pensó en la razón por la que había aceptado la invitación de Joel para ir a cenar. Se recordó que se trataba de poner celoso a Blake, así que tenía que seguir intentándolo. No podía rendirse tras el primer intento.

Asintió.

–Sí.

–Entonces, vamos a encender un fuego debajo de él, querida, si eso es lo que necesita.

Samantha hizo todo lo posible por no delatarse, pero ambas sabían que Erica estaba hablando de Blake, no de Joel.

–De acuerdo, Erica. Estoy en tus manos. No tengo nada que perder.

–¡Buena chica! Pasaré por el despacho después de comer –Erica se puso de pie–. Será mejor que vaya a ver cómo está la cocinera que se ha quemado la mano –sonrió y se marchó por donde había venido.

Cuando Erica se marchó, Samantha se quedó unos instantes mirando los restos de sus huevos revueltos. Sólo esperaba no terminar como su desayuno: fría y sin que la hubieran tocado.

Después de comer, el mal humor de Blake aumentó al ver a Erica salir de su despacho llevándose con ella a su asistente. ¡Iban a ir de compras, por el amor de Dios! ¡A comprarle un vestido a Samantha para su cita de aquella noche!

Maldita Erica. Su hermanastra era guapa e inteligente, pero, a diferencia de sus hermanos, no confiaba del todo en ella. Tras haberla escuchado durante los últimos cinco minutos, no había cambiado de opinión. Quería salirse siempre con la suya y había utilizado su arrebato de la mañana contra él para hacerle sentirse culpable. Había funcionado, tal y como ella pensaba.

Pero quien lo tenía desconcertado era Samantha, decidió reclinándose en la silla de cuero. Se había despertado pensando en ir tras ella con un entusiasmo que no solía sentir por las mujeres últimamente.

Y entonces todo había salido mal. Primero, la nota de debajo de la puerta diciendo que se había ido a desayunar sin esperarlo. Nunca había hecho algo así, ni allí en Aspen ni en ninguno de los lugares del mundo a los que habían viajado juntos.

Y luego se la había encontrado aceptando una cita con ese médico gigoló, Joel Remy. Era como salir con uno de los monitores de esquí. ¿No sabía Samantha que las mujeres hacían cola para acostarse con esos tipos? Llevaba toda su vida viéndolo.

¿Qué demonios estaba pasando allí? Samantha parecía de pronto una persona diferente. Era como si hubiera decidido ser primero mujer y después su ayudante. ¿Estaba intentando hacerle pagar por no haberle permitido dejar su trabajo? Blake torció el gesto. Después de todo, era una mujer. Seguramente había decidido tener una aventura como despedida para pasárselo por las narices.

Imaginar a Samantha con otro hombre en la cama se le hizo de pronto insoportable. No podía permitir que lo hiciera. La conocía, y sabía que se arrepentiría.

Y si iba a hacer el amor con alguien, bien podía haberlo escogido a él, que había trabajado codo con codo con ella durante dos años. Él sería el que la valorara en la cama. El que tenía que salvarla de sí misma.

Capítulo Tres

Cuando Samantha bajó aquella noche por las escaleras con el bolsito en una mano y el abrigo de cachemira en el brazo, uno de sus pies titubeó en el último escalón. Tenía la esperanza de presumir un poco delante de Blake antes de que él se marchara a su cena de negocios, y ahora el corazón empezó a latirle con fuerza contra las costillas cuando vio al hombre en cuestión alzar la vista desde el mueble bar de su cabaña y mirarla. Detuvo el vaso a mitad de camino hacia su boca y se la quedó mirando fijamente mientras ella bajaba despacio hasta el final.

Gracias a Erica sabía que tenía un aspecto fantástico. Aquel vestido de manga larga de punto de color rosa que se le ajustaba a todas las curvas del cuerpo hacía que se sintiera un tanto pícara.

Sin apartar los ojos de ella, Blake dejó el vaso y se acercó hacia ella.

—Estoy impresionado —dijo con voz ronca—. Nunca te había visto con un aspecto tan…

—¿Bueno? —bromeó ella sintiendo como su confianza en sí misma aumentaba.

—Tan sexy.

La palabra la dejó sin respiración. Se humedeció los labios y vio cómo sus ojos azules se le clavaban en la boca.

–Gracias, Blake.

Blake deslizó la mirada despacio por su cuerpo antes de clavarla en su cabeza.

–¿Qué te has hecho en el pelo?

Samantha tragó saliva. No había hecho falta mucho esfuerzo para que los sedosos mechones castaños le cayeran rizados sobre los hombros.

–Me lo he cortado unos dedos.

–Está maravilloso.

Aquélla era la reacción que esperaba conseguir de él.

–Gracias otra vez.

Blake agarró otra vez el vaso y dio un sorbo.

–Tengo que preguntarte algo.

A ella le dio un vuelco al corazón.

–¿De qué se trata, Blake?

–¿Estás segura de que quieres hacer esto? ¿Quieres salir con Joel Remy?

Su voz no revelaba nada, pero el pulso de Samantha comenzó a acelerarse todavía más. Dios, ¿sería posible que Blake estuviera un poco celoso? ¿Había conseguido que él entendiera tan rápidamente que era una mujer, una mujer que lo necesitaba como no había necesitado nunca a otro hombre?

–No es tu estilo, Samantha –añadió.

El corazón estuvo a punto de salírsele del pecho. Blake estaba celoso. Trató de actuar con naturalidad. No podía sucumbir y lanzarse a sus brazos a la primera de cambio.

–¿Cómo sabes cuál es mi estilo, Blake? –preguntó batiendo los pestañas.

–Sé lo que te conviene y lo que no, y ese hombre no es para ti.

No, el hombre para ella estaba justo delante.

–Oh, así que ahora eres un experto en mí, ¿verdad? –coqueteó emocionada al saber que por fin se había fijado en ella.

Era el vestido. Tenía muchas cosas que agradecerle. La otra mujer había…

–Me gustaría pensar que te conozco muy bien, Samantha –dijo con un tono súbitamente arrogante–. No serías feliz con Remy. Hazme caso.

La claridad la cegó como un rayo. Había sido una estúpida al pensar que algo había cambiado. Aquello no se trataba de que Blake la deseara. Aquel hombre no estaba celoso. Sólo estaba tratando de evitar que tuviera una relación con otro hombre durante las dos próximas semanas para que no le causara inconveniencias a él. Sinceramente, se merecía algo mejor.

–Ésa es tu opinión –dijo ahora con frialdad.

–Sí, lo es –los ojos de Blake mostraban que se había dado cuenta de su cambio de tono–. ¿Vas a contarle que te marchas pronto?

Samantha trató de pensar. Estaba muy desilusionada.

–Prefiero guardarme eso para mí por el momento. No es asunto de nadie, sólo mío.

–Y mío, por supuesto –señaló Blake con sequedad–. Pero seguramente hagas bien en no decírselo. De todas formas, no creo que esté buscando una relación a largo plazo.

–Yo tampoco –dijo ella disfrutando del modo en que se le endurecieron las facciones–. Mientras tanto, estoy segura de que Joel y yo sabremos divertirnos.

–Dudo que tengáis algo en común.

Samantha alzó una ceja.

–¿De verdad? No olvides que trabajaba en la consulta de un médico antes de empezar a trabajar para ti. Y mi familia tiene un negocio de secretaría médica, así que conozco un poco a los médicos.

Blake apretó los labios.

–Entonces, ¿hablaréis sobre cómo descifrar su escritura? Esas risas durarán sólo un minuto.

Ella apretó con más fuerza el bolsito. ¿Creía que estaba siendo muy listo? Tenía que borrar aquella sonrisa. Lo miró con ironía.

–Oh, estoy segura de que tendremos muchas otras cosas en común.

A Blake se le cayó la sonrisa de la cara.

–Maldita sea, Samantha, no deberías…

Sonó el timbre de la puerta.

Samantha miró hacia la puerta de entrada que estaba a unos cuantos metros y vio a Joel a través del panel de cristal. Le dirigió a Blake una mirada expresiva antes de ir a abrir.

Joel entró y la miró de arriba abajo.

–¡Vaya! Estás impresionante –le sonrió a Blake–. No puedo creer que esta belleza vaya a salir conmigo.

–Yo tampoco –murmuró Blake antes de sonreír, pero Samantha lo había oído–. Quiero decir, normalmente es muy selectiva con quién sale.

Ella parpadeó. ¿La estaba insultando? Joel también tenía una expresión confusa.

Samantha forzó una sonrisa.

–Gracias por el cumplido, Joel –se puso de pie y miró a Joel de arriba abajo–. Por cierto, tú también estás impresionante –bromeó.

Entonces se dio cuenta de que se había sobrepasado al ver que Blake aspiraba el aire por la nariz. Giró ligeramente la cabeza para que Joel no viera cómo fulminaba a su jefe con la mirada.

Blake la ignoró.

–¿Y dónde vais a ir a cenar?

Samantha se puso a la defensiva al instante.

–¿Por qué quieres saberlo?

–Por nada en especial –sonrió él.

Joel entonces mencionó un restaurante del centro de Aspen.

–Acaba de abrir y conozco al dueño. Dentro de un mes será muy difícil conseguir reserva.

A Samantha no le parecía que estuviera presumiendo, pero vio en los ojos de Blake un brillo que le hizo saber que para él, sí.

Ella sonrió a Joel.

–Suena maravilloso.

Joel parecía complacido.

–¿Y tú, Blake? Al parecer tú también vas a salir, ¿verdad?

Con su traje oscuro, Samantha se vio obligada a admitir que Blake era el que de verdad estaba impresionante. No pudo evitar desear salir con él en lugar de con Joel a pesar de que Blake se estuviera comportando como un imbécil.

–No es más que una cena de negocios en la ciudad –Blake consultó su reloj–. De hecho, será mejor que llame a un taxi. Tengo que marcharme ya.

Joel frunció el ceño.

–¿Un taxi? ¿No tienes coche?

–Esta tarde me di cuenta de que perdía aceite, así que pensé que sería mejor no utilizarlo esta noche.

Samantha tenía la impresión de que Blake estaba manipulando la situación en su propio beneficio una vez más. ¿Acaso pensaba que era estúpida? Estaba tratando de estropearle la noche.

Lo miró fijamente.

–Pero has comprado el coche hace sólo unos meses, y apenas lo has usado. ¿Cómo va a tener una fuga de aceite un Cadillac nuevo tan lujoso?

Blake compuso una mueca inocente.

–Estoy de acuerdo. Es de lo más extraño.

–Podemos llevarte si quieres –dijo Joel.

–Oh, estoy segura de que Blake no quiere que lo llevemos –Samantha estaba decidida a no darle a su jefe ninguna satisfacción–. El complejo tiene un servicio de conductores.

Joel frunció el ceño.

–No, no pasa nada. No me importa. De todas maneras, vamos hacia allí.

Si se negara habría quedado como una mezquina. Y Blake lo sabía, a juzgar por la satisfacción que reflejaban sus ojos. Era el jefe de Joel y sabía que no le negaría un favor.

Le pasó el abrigo a Joel.

–¿Te importa ayudarme, por favor?

–Por supuesto –Joel se lo mantuvo sujeto mientras ella se lo ponía y luego la ayudó a levantarse el pelo para que le cayera una vez más por los hombros.

Fue un gesto íntimo y Samantha se sintió un poco extraña porque un hombre le tocara el pelo, pero enseguida se sintió mejor al ver la mirada glacial de los ojos de Blake.

–Gracias –dijo sonriendo a su cita y tomándolo deliberadamente del brazo.

Sonrió a Blake mientras él se ponía su abrigo negro, haciéndole saber que no le importaba si estaba complacido o no.

–Mi coche está en la entrada –dijo Joel.

Salieron de la cabaña y Samantha se sentó rápidamente en el asiento del copiloto antes de que Blake se le adelantara. Enseguida salieron a la noche.

–Es muy amable por tu parte, Joel –dijo Blake desde el asiento de atrás.

A Samantha le chirrió. Nunca había visto a Blake agradecerle nada a nadie.

–No nos importa, ¿verdad, Sam? –dijo Joel sonriéndole de reojo.

–No, por supuesto que no. Tenemos que tener al jefe contento, ¿verdad? –le sonrió a Joel sabiendo que Blake la vería desde detrás del asiento del conductor.

—Por cierto, Samantha —dijo Blake poniendo énfasis en su nombre para que ella se diera cuenta de que Joel la había llamado Sam, el nombre que él nunca había utilizado—, no te preocupes por esa llamada tan importante que esperaba hoy. Un miembro del personal del complejo estará en el despacho para recibirla.

—Bien —se tomaba muy en serio su trabajo, pero la sugerencia de Erica había estado muy bien, así que no pensaba sentirse culpable por ello.

—Pero le he dado tu número de teléfono móvil. Sólo por si acaso. Espero que no te importe. Alguien tiene que atender esa llamada si por casualidad se pierde en el hotel, y yo tengo que apagar mi móvil para no interrumpir esta noche el discurso del patrocinador.

Samantha se puso tensa. Blake estaba tratando de aprovecharse de su generosidad para su propio beneficio una vez más. No se trataba de atender la llamada. Quería poner obstáculos a su incipiente relación con Joel.

Se giró hacia él.

—Lo cierto es que sí me importa. Ésta es mi noche libre. No quiero trabajar.

Blake alzó una ceja como si estuviera sorprendido.

—Estoy seguro de que Joel lo entenderá. Es médico, está acostumbrado a estar disponible. Lo comprendes, ¿verdad, Joel?

–Claro que sí –el médico la miró y sonrió–. Deja el teléfono encendido, Samantha. No me importa que atiendas esa llamada.

Ella apretó los labios pero no dijo nada. Su teléfono ya estaba apagado y así pensaba dejarlo.

Joel debió de darse cuenta de que algo no iba bien porque estuvo hablando de generalidades el resto del camino. Samantha podía sentir los ojos de Blake clavados en ella desde el asiento de atrás, pero lo ignoró mientras contestaba a Joel, aliviada cuando el coche se detuvo en la puerta de un restaurante.

–Gracias por traerme –Blake abrió la puerta de atrás y se detuvo un instante–. Y no os preocupéis sobre cómo volveré a casa. Vosotros dos pasadlo bien, ¿de acuerdo?

Samantha contuvo su irritación. Su sinceridad resultaba muy falsa. Estaba tratando de asegurarse la vuelta a la cabaña para impedir que ocurriera nada sexual entre Joel y ella. Le vendría bien preguntarse qué pensaban hacer más tarde.

Sonrió con tirantez.

–Vamos a volver muy tarde, así que será mejor que hables con el servicio de conductores. Buenas noches, Blake.

Él la miró con dureza.

–Buenas noches –esperó un segundo, pero cuando Joel también le dio las buenas noches, salió del coche y cerró la puerta.

Lo último que Samantha vio de él fue que entraba en el restaurante. Entonces el coche se puso en marcha y ella miró hacia delante con la esperanza de que Joel no dijera nada. No lo hizo hasta que estuvieron sentados a la mesa y la camarera se fue tras tomarles nota.

–Perdona que te lo pregunte, pero, ¿no te cae bien Blake? –dijo.

Ella sonrió para suavizar sus palabras.

–Claro que sí, pero llevo ya dos años trabajando con él. A veces cree que todos estamos aquí para servirle.

Joel sonrió.

–Probablemente tiene razón, es un exitoso hombre de negocios.

Ella se rió.

–Sí, eso es verdad –Samantha trató de relajarse reclinándose en la silla–. Hablemos de otra cosa. No quiero hablar del jefe esta noche.

Joel sonrió.

–Encantado, Sam. Y ahora cuéntame…

Pasaron una noche muy agradable después de todo. Como era de esperar, hablaron del negocio de su familia y de su experiencia transcribiendo recetas médicas, aunque el comentario despectivo de Blake sobre su letra le estropeó la conversación. ¿Acaso Blake tenía que estar siempre en la parte de atrás de su mente?

Desgraciadamente, cuando la velada estaba mediada, Samantha ya sabía que Joel no era para ella. Era guapo y un tipo simpático, pero lo cierto era que no tenían nada en común, para su disgusto. No como Blake y ella. Torció el gesto. No, Blake y ella tampoco tenían nada en común… excepto el trabajo y una atracción que no quería pensar que fuera sólo por su parte. La sombra de Carl se cernió sobre ella.

–¿Sam?

Ella se sacudió los pensamientos del pasado.

–Lo siento. He recordado que hay algo que debo hacer –mintió antes de sonreír–. Pero puede esperar. ¿Qué me estabas diciendo? –pasaría un buen rato aunque eso la matara.

Estuvo a punto de hacerlo.

Su vida social y su vida laboral eran lo mismo, así que nunca le faltaba compañía en las cenas de negocios ni en las fiestas. Pero no estaba acostumbrada a tener una cita y tener que amoldarse a una única persona durante interminables horas. Era agotador.

A menos, por supuesto, que esa persona fuera Blake. Él nunca la aburría. Cada minuto del día la retaba como ninguna otra persona sobre la tierra. La vida con Blake era la aventura que había estado buscando. Una aventura que pronto tendría que dejar, recordó con el corazón en un puño. Dejó a un lado aquel pensamiento. Tenía que superar aquel reto.

–Deberíamos volver a repetirlo, Sam –dijo Joel sosteniéndole la puerta del coche abierta para volver a Pine Lodge.

Resultaba extraño, pero por alguna razón, una noche entera escuchando cómo la llamaban «Sam» había empezado a ponerla nerviosa. No era culpa de Joel en absoluto, pero era como si la abreviatura de su nombre fuera un asunto entre Blake y ella y por tanto sólo les perteneciera a ellos dos. Y eso resultaba más bien patético.

—Mañana por la noche tengo planes —dijo Joel arrancándola de sus pensamientos—. Pero después estoy libre. ¿Te gustaría ir al cine el lunes por la noche?

Samantha vaciló. Se sentía un poco mal por utilizarlo. No quería volver a salir con él, pero si no continuaba con su plan de intentar poner celoso a Blake, él pensaría que había ganado. Y no quería darle esa satisfacción.

Salió del coche con la galante ayuda de Joel.

—Me gustaría, pero deja que te conteste mañana si no te importa.

—Me parece bien.

De pronto sintió cómo la mano de Joel se movía de su codo a su barbilla. Fue un movimiento suave que indicaba que aquel hombre sabía lo que hacía, así que tal vez no debería preocuparle utilizarlo después de todo.

—Pero antes… —murmuró.

Samantha no se resistió, aunque no deseaba que la besara. Y no porque no fuera un hombre atractivo. A pesar de que seguía enfadada con Blake por haber tratado de manipular la situación aquella noche, quería sentir los labios de Blake y sólo los suyos.

Temiendo de pronto no desear nunca más que ningún otro hombre la besara, alzó la boca hacia la de Joel. Tal vez necesitara que otro hombre la besara.

–Seguid, no quiero interrumpir –murmuró una voz masculina.

Blake.

Samantha giró la cabeza con culpabilidad y Joel se detuvo mientras ambos observaban cómo su jefe pasaba por delante de ellos y entraba en Pine Lodge. Venía andando desde Jarrod Manor, donde debió de haber ido después de cenar.

–Qué oportuno –dijo Joel por encima del acelerado corazón de Samantha–. Bueno, ¿por dónde íbamos? –murmuró bajando la cabeza y colocando los labios sobre los suyos.

Blake estaba sentado en el sofá tratando de quitarse de la cabeza la imagen de Samantha besando a otro hombre. Si no entraba pronto, iba a salir a buscarla. Con el pretexto de hacerlo por su seguridad, por supuesto.

Y claro que estaba preocupado por eso. Y también por otras cosas. Estaba claramente dispuesta a meterse en la cama del primer hombre que la mirara, y todo para castigarlo por no permitir que dejara su trabajo. Pero si hubiera accedido, ella habría desaparecido ya de su vida. El corazón le dio un vuelco al pensarlo.

La puerta de entrada se abrió justo entonces y ella entró. El pulso le latió con fuerza cuando vio que estaba sola.

Buena chica.

Parecía distraída cuando se dirigió hacia las escaleras desabrochándose los botones del abrigo. Entonces lo vio sentado en el sofá y sus ojos brillaron complacidos antes de recuperar la compostura.

Blake se quedó sin aliento durante un instante. Samantha nunca había mostrado ninguna emoción hacia él con anterioridad. Se llevaban bien, pero siempre habían mantenido una relación profesional.

Entonces ella apretó los labios y se le acercó.

—¿Me estás esperando? —le preguntó con una frialdad que le hizo preguntarse si lo de antes no habría sido un efecto de la luz.

—¿No puede un hombre tomarse una copa antes de irse a dormir? —bromeó relajándose. Samantha estaba ahora en casa con él, y eso era lo único que importaba—. Te he servido otra a ti —dijo señalando una copa de brandy que había encima de la mesita que tenía delante—. Siéntate conmigo.

—Puede que prefiera irme directamente a la cama.

Si una de sus citas le hubiera dicho eso, se lo habría tomado como una invitación. Pero Samantha era un desafío en todos los sentidos. ¿Sabía lo invitadora que resultaba con aquel vestido? ¿Tenía alguna idea de lo que lograba hacer con la libido de un hombre?

—Una copa —la urgió—. Y así me cuentas tu noche.

Ella se detuvo y luego dejó el bolso y empezó a desabrocharse el resto del abrigo. Se lo quitó

lentamente haciendo un striptease no intencionado, dejando al descubierto el sexy vestido rosa.
¿Por qué no se había dado cuenta antes de que
era un cañón de mujer?

Samantha se sentó en la silla de enfrente y
tomó con elegancia la copa.

—Estabas muy seguro de que no iba a subir a
Joel a mi habitación, ¿verdad?

No lo estaba.

—Sí.

Ella dio un sorbo a su copa y se lo quedó mirando.

—Desde luego, tú has hecho todo lo posible
para que no sucediera.

—¿Yo? —Blake se sentía bastante orgulloso de
sí mismo por los obstáculos que le había puesto
aquella noche. Había funcionado, porque en
caso contrario no estaría allí ahora. Con él.

—Sabes que sí, y no me gusta. Estás tratando
de hacerme trabajar como una esclava antes de
que me vaya.

¿Era eso lo que pensaba?

—Tal vez te estaba protegiendo.

Ella se rió brevemente.

—¿De qué? ¿De que me lo pasara bien durante un rato?

Blake miró sus labios tan besables que acaba-
ban de estar bajo los de otro hombre y tomó una
decisión. Si quería divertirse, sería con él.

Forzó un encogimiento de hombros.

—Sólo creo que debes pensar en quién esco-
ges para salir.

Ella apretó los labios.

–Gracias por el consejo.

Blake no sabía que era tan sarcástica. Le resultaba… vigorizante, admitió viendo cómo se reclinaba en la silla y cruzó las piernas. Daría cualquier cosa por acariciar aquellas largas piernas con las manos. O tal vez con los labios…

Se dijo que tenía que tomárselo con calma. No quería asustar a la dama yendo demasiado deprisa. El tiempo se acababa, pero tenía que dejar que fuera ella quien mandara. Al menos, aquel día. Mañana, cuando ella estuviera de mejor humor, sería otro día.

Le dio un sorbo a su brandy y dejó que le resbalara por la garganta.

–Y dime, ¿lo has pasado bien esta noche?

Ella apartó los ojos brevemente.

–Sí. Muy bien.

Estaba mintiendo.

–Apuesto a que sí.

Samantha arqueó una de sus elegantes cejas.

–Espero que no hayas puesto mucho dinero en esa apuesta, Blake.

–No tuve que hacerlo –conocía a las mujeres, tanto en el mundo de los negocios como en el personal. Estaba mintiendo. Y él se sentía inmensamente aliviado.

Una sonrisa suave curvó los labios de Samantha.

–Joel sabe cómo tratar a una mujer.

Seguía mintiendo. Y a Blake le parecía fascinante.

–Seguro que sí. Es un mujeriego.

–Supongo que es fácil reconocerse entre iguales.

Blake tuvo que reírse. Ella le hacía reír. Entonces vio en sus ojos una chispa de diversión y conectaron durante un instante. Entonces Samantha bajó rápidamente la vista hacia su copa, ocultando su mirada durante un instante.

Blake se inclinó hacia delante.

–Samantha…

Ella alzó la cabeza.

–Para tu información, Joel es un hombre encantador –aseguró dejando claro que estaba tratando de ignorar la repentina tensión sexual de la habitación.

Fue un esfuerzo inútil.

–Estoy seguro de que lo es. Pregúntale a cualquier mujer de Aspen.

Samantha le dirigió una mirada desafiante.

–No creas que no me habría acostado con él si hubiera querido, Blake.

No eran más que palabras, pero el estómago se le encogió al escucharlas.

–Está claro que no has querido, o ahora mismo estarías en la cama con él, ¿me equivoco?

–Sí, te equivocas. Quiero decir, no… oh, ocúpate de tus asuntos –Samantha apretó los labios–. Me acostaré con quien quiera cuando quiera.

–Estás siendo muy contradictoria esta noche, Samantha. Te comerán viva en la sala de juntas con esa actitud –se mofó.

Ella se puso tensa.

–Escucha, Blake, me acostaré con el hombre que me apetezca cuando me apetezca. Hoy no era el caso. Y, por si no te has dado cuenta, esto no es una sala de juntas.

No, pero él se la quería comer viva en aquel instante. Quería besarla y borrar la huella de los labios de otro hombre, deslizarle las manos por aquel vestido y levantarle el pelo para dejarle al descubierto la nuca.

La adrenalina se apoderó de él y supo que había llegado el momento de pasar a la acción. Ya estaba cansado de los juegos esa noche. No era un hombre a quien le gustara quedarse en la orilla demasiado tiempo. Necesitaba saber si sus labios sabían tan bien como parecía, si su cuerpo se curvaría ante su contacto.

Se puso de pie, le quitó la copa de brandy de la mano y la dejó sobre la mesa. La escuchó aspirar con fuerza el aire mientras la ponía de pie, pero nada podría detenerlo ahora. Ya podía sentir el estremecimiento mutuo entre ellos.

–Blake –dijo Samantha con voz ronca mientras él la estrechaba entre sus brazos.

Nunca antes había estado tan cerca de ella. Lo suficiente para ver el destello de deseo en sus ojos azules. Eso hizo que se quedara sin aliento.

Entonces, un repentino brillo de pánico cruzó por el rostro de Samantha, y antes de que él se diera cuenta, le dio un empujón y salió corriendo de allí. Se escabulló escaleras arriba y lo dejó allí de pie, sintiendo los brazos más vacíos que nunca.

Le resultó difícil, pero la dejó ir. Podría seguirla y ella lo recibiría como amante, pero ahora sabía todo lo que necesitaba saber por el momento: lo deseaba. Y él no iba a rendirse. Sus planes de seducción seguían todavía muy vivos.

Samantha cerró la puerta tras de sí y se apoyó contra ella, forzando a su corazón a tranquilizarse para poder pensar. Había entrado en pánico y se había escapado. Blake había ido por fin a por ella y lo había estropeado.

¿Qué problema tenía? Estar en brazos de Blake y en su cama era lo que más deseaba, ¿no? Entonces, ¿por qué había huido como un cervatillo asustado? Debía de pensar que estaba muy verde en las relaciones y, por supuesto, tenía razón. Un amante en el instituto y luego enamorada a los veintitantos no era tener experiencia. No a menos que se incluyera el dolor del rechazo, se dijo apartando de sí aquel pensamiento.

Entonces lo supo.

A pesar de la chispa de electricidad que había surgido cuando la agarró del brazo la noche anterior, esa noche había conseguido convencerse a sí misma de que la intrusión de Blake se debía al trabajo y a nada más. Pero ahora mismo, el deseo de sus ojos había vuelto a romperle los esquemas. La deseaba, y cuando la tocó ambos habían sentido una corriente de atracción. Se había sentido abrumada, nada más. Oh, Dios, ¿qué iba a hacer ahora? ¿Volver a bajar y suplicarle que le hiciera el amor? No podía hacerlo. Había alcanzado el límite de su pequeño acto de seducción esa noche. No podía volver a enfrentarse a él tan pronto.

Inspiró profundamente. De acuerdo, lo había estropeado aquella noche. Pero había sacado algo positivo. Ahora sabía que Blake quería tener sexo con ella. Así que, si ella deseaba a Blake y Blake a ella, la próxima vez no tendría por qué haber problemas.

Capítulo Cuatro

–Blake, ¿has tenido oportunidad de leer los documentos que te di?

Blake estaba de buen humor cuando se reclinó contra la encimera de mármol. Eran las ocho de la mañana del domingo y uno de sus hermanos había ido a Pine Lodge a hablar de un futuro proyecto, pero él en quien pensaba era en Samantha. Sintió un escalofrío al recordar lo sexy que estaba la noche anterior. Pronto sería suya.

–¿Blake?

Apartó a regañadientes sus pensamientos de su asistente, que todavía estaba arriba, durmiendo en su habitación, para mirar al hombre que estaba apoyado en el quicio de la puerta de la cocina.

Ocultó una sonrisa al llevarse la taza de café a la boca. Tal vez Gavin tuviera un aspecto despreocupado, pero él sabía que era todo fachada. Construir un nuevo y exclusivo bungaló de alta seguridad para Jarrod Ridge significaba mucho para su hermano.

–Sí, los he guardado en la caja fuerte –dijo prestándole poca atención deliberadamente.

–¿Y?

Blake se rió y lo sacó de dudas.

–Y creo que has hecho un trabajo admirable con este proyecto.

Gavin sonrió aliviado.

–¿De verdad?

–El proyecto de sostenibilidad y los informes que has hecho son impresionantes. Pero también lo fueron los que hiciste para mis hoteles de Las Vegas.

Gavin sonrió todavía más.

–Significa mucho para mí oírte decir eso –aseguró su hermano acercándose para servirse una taza de café–. Me ha gustado mucho llevar a cabo este reto.

–Se nota.

Gavin encogió sus impresionantes hombros, curtidos por muchas horas de trabajo con los equipos de construcción.

–Es maravilloso estar en casa juntos otra vez como una familia después de tanto tiempo, pero me alegro de no tener que estar peloteando a la gente. No es mi estilo.

Blake asintió.

–Eres un ingeniero de primera categoría, Gavin. Pero estoy de acuerdo, no hay nada como hacer algo que te gusta. Sinceramente, estoy muy orgulloso de ti.

–¿Te estás volviendo blando con la edad, Blake? –bromeó Gavin.

–Probablemente –Blake estaba orgulloso de todos sus hermanos. Bueno, su hermanastra Erica era otro cantar.

A Gavin se le borró la sonrisa de pronto.

–¿Eres consciente de que papá no habría dicho nunca algo así?

Blake torció el gesto.

–Me gusta pensar que no soy tan frío como el viejo.

Se hizo el silencio un instante mientras ambos recordaban a su padre. Blake se negaba a sentir nada por el hombre fallecido que había rechazado emocionalmente a sus hijos. Donald Jarrod había dejado como legado algo más que Jarrod Ridge. Sus hijos habían heredado la capacidad de mantener sus sentimientos en hielo y de evitar el compromiso personal. Y aunque Guy y Melissa habían encontrado la verdadera felicidad con Avery y Shane, Blake no veía que eso pudiera pasarle a él. En absoluto. Ni tampoco a Gavin ni a Trevor.

–Eso me recuerda –dijo Gavin–, que estás trabajando fuera del antiguo despacho de papá ahora que eres presidente. ¿No sería más conveniente que vivieras también en Jarrod Manor? ¿Por qué estás en Pine Lodge?

Blake se encogió de hombros.

–Lo cierto es que me conviene más estar aquí. Así puedo mantener los asuntos de mis hoteles separados del resto de las operaciones del complejo –apretó con más fuerza la taza de café–. Además, aunque Erica se ha ido a vivir con Christian, se pasan la mayor parte del día en el complejo. No quiero meterme en su territorio. Ya sabes cómo son las parejas recién prometidas.

Gavin lo miró con mofa.

–¿Desde cuándo te has situado tú en un segundo plano? ¿O todavía le tienes miedo a nuestra hermanastra?

–Sabes que nunca le he tenido miedo a Erica.

–Algún día tendrás que superar el hecho de que te caiga mal.

Blake sintió una extraña sacudida.

–No me cae mal. Es sólo que no confío del todo en ella.

Gavin entornó los ojos.

–Ya no tiene que demostrarnos nada más, Blake –se detuvo un instante–. Pero supongo que es mejor que te quedes aquí. Tal vez tu nueva ayudante no se lleve tan bien con el resto de la familia como Samantha.

Blake apretó las mandíbulas. Se negaba a pensar siquiera en la marcha de Samantha, ni en que otra persona ocupara su lugar.

¿Y por qué le sorprendía que la noticia se hubiera extendido por la familia? Samantha había dicho que no quería que lo supiera nadie, pero estaba claro que se lo había contado al menos a una persona. Tenía que haber sido a Erica. Sin duda habían compartido confidencias de chicas cuando fueron de compras juntas.

–Samantha no va a irse –afirmó con tirantez.

–Eso no es lo que he oído.

–Cállate, Gavin –Blake dejó con fuerza sobre la mesa su taza medio vacía–. Y ahora, si me disculpas, tengo trabajo que hacer –pasó por delante de su hermano y salió de la cocina.

Cuando entró en el salón escuchó un ruido

fuera. Miró por la ventana. Samantha no estaba dormida en su habitación como creía. Estaba sentada en el último escalón del refugio, vestida con ropa de abrigo y un gorro de lana hablando con un hombre que sin duda era huésped del hotel. Debió de haber ido al hotel a desayunar, seguramente con su amigo el médico, y este hombre debió de haberla seguido como un perrito faldero. No, más bien como un mapache.

Escuchó cómo Samantha se reía y apretó los labios. Aquel hombre tenía más de cuarenta años y a Blake le pareció un inmoral. Y parecía que ella estaba coqueteando.

–Mira eso –le murmuró Gavin al oído–. Creo que alguien más va a trabajar hoy… en Samantha.

Blake lo miró y luego se dirigió a abrir la puerta delantera a toda prisa. Si tenía que coquetear, sería con él.

–¿Y si vamos a dar un paseo panorámico? –estaba diciendo el hombre–. Tal vez podríamos incluso comer en la ciudad, ¿qué te parece?

–Yo…

–Creo que necesito hablar con mi asistente –Blake la interrumpió mientras salía al porche. Ambos se giraron para mirarlo–. Samantha, necesito que hagas algunas llamadas a Las Vegas.

Ella lo miró molesta, dejándole claro que no le había gustado la interrupción.

–Blake, es domingo, y la mayoría de las oficinas están cerradas. Tendrás que esperar a mañana.

Él sintió la necesidad de recordarle que la noche anterior podría habérsela llevado fácilmente a la cama.

–Entonces, necesito que me ayudes con otra cosa.

Samantha apretó los labios.

–Entonces, ¿no voy a tener nada de tiempo libre hasta que me vaya?

–No –Blake se giró y esperó, pero se dio cuenta de que no lo seguía–. ¿Vienes, Samantha?

Ella alzó la barbilla con gesto desafiante.

–Dentro de un momento.

Blake vio la expresión burlona de su hermano mientras salía y descendía por las escaleras de dos en dos, despidiéndose de la pareja mientras se marchaba.

Blake entró. No escuchó que lo siguiera. Contó hasta diez, esperó, pero vio que todavía seguía allí charlando. En aquel momento se le pasó algo por la cabeza. ¿No resultaba extraño que la noche anterior se hubiera mostrado tan cómoda con él y que ahora estuviera tan encantada con Don Inmoral?

Blake tomó una decisión: se puso la chaqueta y las botas, agarró las llaves del coche y salió al frío aire.

–Tengo que comprobar una cosa –dijo bajando las escaleras–. Y quiero que vengas conmigo, Samantha –le mostró los dientes al otro hombre en un amago de sonrisa–. Lo siento, amigo, pero necesito a mi ayudante.

–Blake… –empezó ella.

–Esto es importante –la agarró suavemente del hombro y la guió hacia el garaje del refugio, donde guardaba su Cadillac negro todoterreno.

Samantha se giró y le dijo al otro hombre:

–Hablaremos cuando vuelva, Ralph.

Blake emitió un gruñido mientras abría la puerta del garaje con el mando a distancia.

–¿A qué ha venido esto? –susurró Samantha apretando el paso para seguirlo.

–Espero que no estés pensando en salir con ese tal Ralph. Ese tipo podría ser tu padre.

Samantha disimuló su satisfacción.

–Tal vez me sienta atraída por los hombres mayores.

–Entonces será mejor que no te vistas como anoche. No parece que ese viejo verde sea capaz de poder con una mujer, y menos con una tan sexy como tú.

Samantha trató de no sonrojarse. Le encantaba oír que Blake la consideraba sexy, aunque no sabía por qué de pronto parecía tan seguro de sí mismo. Pero esa vez no estaba dispuesta a salir corriendo si se le acercaba. No repetiría lo de la noche anterior.

Entraron en el garaje y, cuando se sentó en el asiento del copiloto y se puso el cinturón, recordó algo.

–¿No habías dicho que este coche tenía una fuga de aceite?

Blake se rió.

–Le he echado un vistazo antes y no goteaba nada. Qué extraño.

–Es toda una sorpresa.

–Para mí también –bromeó él encendiendo el motor.

Con razón se sentía tan confiado, se dijo Samantha. La noche anterior se hizo la víctima por una fuga de aceite y ahora había evitado que saliera con Ralph. Aunque Ralph no era su tipo, era un hombre, y podía coquetear con él en beneficio de Blake.

–¿Adónde vamos? –preguntó cuando enfilaron por la estrecha carretera flanqueada por gruesos árboles que llevaba a la entrada principal del complejo.

–Ya lo verás.

Durante un instante tuvo la esperanza de que estuviera pensando en pasar un tiempo a solas con ella.

–¿De verdad es una cuestión de trabajo?

–¿De qué si no?

La desilusión se apoderó de ella. Estaba claro que seguían siendo jefe y empleada. ¿Habría sido la noche anterior únicamente un error por su parte porque era de noche y estaban cerca el uno del otro?

Blake estaba pasando por delante de dos columnas de piedra con el emblema de Jarrod Ridge, pero llevó el todoterreno hacia la otra dirección. A aquellas horas de la mañana del domingo no había demasiado tráfico, y más adelante volvió a girar. Samantha se preguntó adónde iban mientras atravesaban el impresionante escenario natural de colores dorados que pronto desaparecerían bajo la blanca capa del invierno. Pero no tenía sentido volver a preguntárselo. Blake sólo hacía lo que quería hacer, y sólo le diría lo que quería que supiera.

Recordó entonces que Gavin había visitado Pine Lodge aquella mañana, y tuvo una idea de hacia dónde se dirigían. Blake llegó a un terreno que daba al rugiente río Fork, que se abría camino entre dos picos cubiertos de nieve. El complejo se anidaba como una joya de la corona entre todo aquello.

Blake detuvo el vehículo y apagó el motor.

Al principio no dijo nada, se limitó a quedarse mirando hacia delante, por lo que Samantha tuvo que preguntar lo obvio.

–¿Por qué me has traído aquí?

Él agitó su oscura cabeza hacia el majestuoso paisaje montañés que tenían delante.

–Quería mostrarte dónde se construirá el nuevo bungaló privado.

–Entiendo –sus sospechas eran correctas, pero el modo en que habló hizo que se le cayera el alma a los pies. Era como si estuviera reconociendo que se iba a ir, como si le estuviera mostrando todo aquello mientras todavía pudiera.

–Vamos a verlo más de cerca –Blake salió del coche y la miró–. Pero ponte antes los guantes. No hay viento, pero hace frío.

Unos segundos más tarde estaban delante del todoterreno negro observando la asombrosa vista alpina.

Blake señaló una zona boscosa que había cerca del pie de la montaña, a la derecha del complejo.

–¿Ves eso? Es la mina de plata en la que jugábamos de niños. Uno de mis antepasados la construyó, pero lleva más de cien años sin utilizarse. El bungaló estará más arriba de la montaña, pero no demasiado cerca. No queremos destruir el significado histórico de la mina.

Samantha había visto brevemente los documentos que Gavin le había dado a Blake, pero Gavin era el encargado de aquel proyecto.

–¿Ves aquel peñasco? –continuó Blake–. Ahí cerca construiremos el bungaló. Va a ser de superlujo y contará con las máximas medidas de seguridad. Tendrá escáner de reconocimiento de iris además de las habituales cámaras y detectores de movimiento. La seguridad será una prioridad, igual que la intimidad de nuestros huéspedes.

–Estoy realmente impresionada. Va a ser increíble.

Blake asintió.

–Es justo lo que Jarrod Ridge necesita para destacar –aseguró con orgullo mientras observaba el imperio de su familia.

Una extraña ternura se apoderó de ella al mirar su familiar perfil. Había algo muy atractivo en un hombre tan seguro de sí mismo. De pronto se giró hacia ella.

–¿Por qué me miras así? –le preguntó con voz pausada.

La había pillado. Samantha se aclaró la garganta.

–Estaba pensando en lo mucho que te gustan los retos. Perteneces a estas montañas.

Blake pareció complacido.

–Tú también podrías formar parte de todo esto, ¿sabes?

A Samantha le dio un vuelco al corazón. ¿La había llevado allí por alguna otra razón?

–¿Qué… qué quieres decir?

–Te encanta estar aquí. No serás feliz en ningún otro sitio. Piénsalo bien antes de dejar este trabajo, Samantha.

El trabajo.

Samantha gruñó para sus adentros por su estupidez. ¿De verdad había pensado que aquel soltero redomado iba a sacar el tema del matrimonio con su asistente personal? ¿Acaso no había aprendido la lección con Carl? Se estremeció antes de volver a hablar.

–Ya he pensado en ello, Blake.

Él se giró para mirarla.

–Quédate, Samantha.

–No… no puedo –si hubiera sido una súplica, se habría parado a considerarlo. Pero sabía que se trataba únicamente de una inconveniencia para él.

Blake le pasó un dedo por el brazo.

–¿Por qué pones tantas dificultades?

Samantha no podía sentir la presión de sus dedos a través de la gruesa chaqueta, pero sabía que estaban ahí.

–¿Dificultades a qué?

–A mi preocupación por tu bienestar.

–Oh, ¿por eso no me dejas salir antes del trabajo? –se burló ella–. ¿Porque estás preocupado por mí?

–Lo cierto es que sí –aseguró él tras una pausa.

–¿Por qué, Blake? ¿Por qué estás preocupado?

–¿Y por qué no iba a estarlo? –mientras hablaba, podía sentir sus ojos atrayéndola hacia sí.

–Blake…

Él inclinó la cabeza y la besó antes de que ella supiera lo que estaba pasando, destruyendo al instante todas las defensas que había levantado. Cayeron como una avalancha por la ladera de una montaña.

Entonces Blake le deslizó la lengua entre los labios y ella le abrió la boca del todo. Al escuchar su gemido ronco, le rodeó el cuello con los brazos y se apretó contra él confiada, sabiendo que lo seguiría allí donde fuera.

El tiempo se borró.

Entonces, increíblemente, Blake redujo el ritmo de las cosas, dejando que recuperara la concentración. Finalmente se retiró y se quedaron mirándose el uno al otro.

–Oh, Dios mío –susurró Samantha, maravillada por la complejidad de aquel beso que debía haber sido simple y no lo fue. La dejó temblando.

Él estaba sintiendo algo igual de poderoso. Podía verlo en la profundidad de sus ojos. La deseaba de verdad. Su sueño de estar entre sus brazos se había convertido finalmente en realidad.

El teléfono móvil de Blake empezó a sonar.

Él permaneció quieto, y Samantha supo por qué. Nada podía apartarlo de la fuerza de aquel momento. Allí en las montañas parecía que eran las dos únicas personas vivas.

Entonces, Blake parpadeó y se apartó, rompiendo el momento. Escuchó cómo contestaba el teléfono, pero ella no podía moverse. Entendía por qué se había apartado. Por qué había roto el momento. Había sido demasiado para él. Para ella. Para ambos. Samantha aspiró el aire ahora que él no la miraba y descubrió que podía moverse. Se dio la vuelta para dirigirse al coche, necesitaba sentarse durante un minuto y sentir algo sólido debajo.

Dio unos cuantos pasos, pero cuando fue a agarrar la manija del coche se le resbalaron los pies en una placa de hielo y, soltando un grito, sintió cómo caía hacia atrás.

Trató de agarrarse a algo, pero sólo estaba el aire, y sintió cómo las piernas se le iban hacia arriba y el cuerpo hacia abajo. La espalda dio contra la hierba y su cabeza chocó contra algo más duro. Vio literalmente las estrellas.

Lo siguiente que supo fue que Blake estaba de rodillas a su lado.

–¡Gracias a Dios! –murmuró cuando la vio abrir los ojos.

–¿Qué ha pasado? –preguntó ella.

–Has debido de resbalarte en el hielo.

Samantha levantó la cabeza y torció el gesto por el dolor.

–Tómatelo con calma –le pasó la mano bajo los hombros para ayudarla–. ¿Te duele la espalda?

–No.

Blake soltó una palabrota.

–Estás sangrando –sacó la mano con un poco de sangre–. Te has hecho un corte en la cabeza –la ayudó a incorporarse y luego comprobó cómo tenía la parte de atrás de la cabeza–. Es pequeño, pero está sangrando mucho y puede que necesites puntos. También te está saliendo un chichón –agarró el gorro de lana que debió de habérsele caído y lo colocó contra el corte–. Sujétalo. Ayudará a retener la hemorragia. Tenemos que llevarte al médico.

–¿Joel? –preguntó sin pensárselo.

Blake apretó los labios.

–Sí. ¿Crees que puedes ponerte de pie? ¿Estás mareada?

–Un poco, pero no pasa nada.

Blake la ayudó a levantarse y la ayudó entrar en el coche. Pronto estarían en Jarrod Ridge.

–¿Cómo te sientes ahora? –le preguntó unos minutos más tarde.

–Bien. Pero no tengo ganas de hablar –dijo pensando en que había sido una idiota por resbalarse.

–Quiero que sigas despierta. Puede que tengas una pequeña conmoción.

–De acuerdo. ¿De qué quieres que hable?

–No sé. De cualquier cosa. ¿Cuál es tu color favorito?

–El amarillo.

Blake alzó las cejas sorprendido.

–¿El amarillo? ¿Por qué?

Samantha se estremeció un poco al ajustarse el gorro de lana a la herida.

–Porque es alegre y brillante.

–De acuerdo. ¿Y cuál es tu flor favorita?

–Los tulipanes. Porque son preciosos.

Se hizo una pequeña pausa.

–Como tú –murmuró.

Samantha contuvo el aliento y luego giró la cabeza y volvió a estremecerse.

–Ya no falta mucho –le aseguró él.

Blake condujo directamente hacia la clínica del hotel. La enfermera de mediana edad se hizo inmediatamente con el control y llevó a Samantha a la sala de curas. La examinó y dijo que no era demasiado grave pero que de todas maneras iba a llamar al médico.

–No hace falta que venga Joel si está ocupado –dijo Samantha sintiéndose mal por interrumpir su descanso del domingo.

–Avíselo –insistió Blake.

La enfermera asintió y luego se acercó a descolgar el teléfono de la pared mientras Samantha miraba a Blake.

Él sacudió brevemente la cabeza.

–Es su trabajo, Samantha. Que venga.

Poco después Joel entró en la sala de curas.

Saludó a Blake con una inclinación de cabeza y a ella frunciendo el ceño.

–¿Qué te has hecho, Sam?

Samantha no miró a Blake, pero se dio cuenta de que había notado el uso del diminutivo. Joel fue muy profesional en su examen. No necesitaba puntos, pero le vendó el corte y finalmente dejó de sangrar. Por suerte no tuvo que cortarle el pelo en el proceso.

–No creo que el chichón sea nada importante –la tranquilizó–. Pero habrá que vigilarte por si aparece algún síntoma de conmoción cerebral. Si quieres puedo ir a Pine Lodge y examinarte un par de veces a lo largo del día.

–Yo me ocuparé de ella –afirmó Blake–. Sé qué señales buscar.

Joel miró a Blake, le mantuvo la mirada durante un instante y luego asintió.

–Bien. Pero me pasaré por la cabaña por la noche para ver cómo está. Llámame si tienes alguna duda.

–Lo haré.

Samantha miró primero a uno y luego a otro.

–¿Os importa a alguno de los dos lo que yo tenga que decir al respecto?

Blake la miró con impaciencia, pero fue Joel quien habló.

–Sam, esto hay que tomárselo en serio. Tu cerebro ha recibido un golpe y a veces las consecuencias tardan en aparecer. Tienes que descansar y que alguien te vigile durante al menos las próximas veinticuatro horas.

Ella tragó saliva, pero antes de que pudiera decir nada, la puerta de la clínica se abrió y alguien pidió ayuda diciendo algo sobre un tobillo torcido. La enfermera y Joel se excusaron y fueron a ver.

Blake se puso delante de ella.

–Tengo intención de cuidar de ti tanto si quieres como si no.

–Pero…

–Ha sido culpa mía que estuvieras allí hoy –la atajó mirándola con firmeza–. No hay discusión, Samantha. Te lo debo.

Ella se derritió como la nieve bajo el calor.

–De acuerdo.

No había nada en sus ojos que indicara que recordaba sus besos, y en aquel momento se lo agradecía. Ya tendría tiempo de sobra para pensar en ello cuando estuviera a solas.

Blake agarró su chaqueta.

–Entonces, vamos –dijo con un gruñido–. Ponte esto y volvamos a casa.

A casa. ¿Por qué le sonaba tan bien?

Capítulo Cinco

Cuando Blake la llevó a Pine Lodge ya era casi mediodía, pero Samantha no tenía hambre. Ahora se alegraba de que hubiera decidido quedarse cerca. No le dolía nada, pero se sentía un poco temblorosa, así que agradecía que la tomara del hombro mientras caminaban.

Los temblores aumentaron cuando subieron por las escaleras y él le dijo que aquella noche iba a dormir en la habitación de invitados de su suite. Una habitación separada de la de Blake únicamente por el cuarto de baño que las conectaba.

El estómago le dio un vuelco cuando llegaron a la parte superior de las escaleras.

–Estoy al otro lado del rellano, Blake. Me parece absurdo no quedarme en mi propia habitación.

–No. Quiero tenerte cerca por si me necesitas.

Lo necesitaba, pero no del modo en que él pensaba. Blake se estaba mostrando únicamente atento ahora, mientras que ella estaba todavía asombrada por el impacto del beso que se habían dado en la montaña.

–Muy bien –murmuró sin ganas de discutir.

Estaba hecha un desastre. Tenía la chaqueta llena de polvo y los pantalones húmedos en las zonas que habían tocado la hierba mojada. También tenía sangre en el pelo. Debía de estar preciosa.

–Tengo que cambiarme de ropa –dijo arrugando la nariz–. De hecho, debería darme una ducha. Tengo el pelo pegajoso.

Él negó con la cabeza.

–No me parece buena idea. Podrías desmayarte.

A Samantha le latió con fuerza el corazón y sintió el calor en el rostro al imaginárselo acudiendo a su rescate. Apartó la vista mientras se dirigían hacia su dormitorio.

–Tienes razón –dijo, y sintió ganas de darse a sí misma un puñetazo. Cualquier otra mujer habría utilizado aquello a su favor, pero no ella. Torció el gesto.

–¿Te duele?

–Un poco.

Blake abrió la puerta del dormitorio de Samantha y la urgió a entrar.

–Vamos, siéntate en la silla y deja que te ayude a quitarte la chaqueta.

–Gracias –ella obedeció.

–Tienes sangre seca en la parte de atrás del jersey –dijo cuando le hubo quitado la chaqueta–. No sé cómo vas a quitártelo sin hacerte daño –hizo una pequeña pausa–. Tendré que ayudarte.

–Sólo a mí se me ocurre ponerme hoy un jersey apretado de cuello vuelto –bromeó Samantha tratando de aparentar naturalidad ante la idea de que la desvistiera.

Debajo llevaba una camiseta de manga larga y cuello ancho que podría quitarse fácilmente ella sola.

–De acuerdo. Esto no llevará mucho tiempo –la voz de Blake sonaba tirante, y ella se preguntó…–. Ahora quédate quieta.

Blake le deslizó los brazos por las mangas y luego Samantha sintió cómo le tocaba el bajo del jersey y comenzaba a levantárselo como a cámara lenta. Podía sentir cómo se acercaba mientras le iba subiendo muy despacio la prenda cada vez más. Pudo sentir su respiración cambiar cuando se acercó a sus senos, aunque en ningún momento la tocó de un modo más íntimo.

–De acuerdo, ahora ten cuidado –dijo con voz más ronca cuando llegó a la nuca–. Ya está. Ahora deja que te lo saque por la cabeza –se colocó delante de ella y le retiró muy despacio el jersey por la cabeza, y de pronto ya lo tenía fuera y estaba allí sentada con la vista a la altura de la hebilla de su cinturón. Entonces alzó los ojos hacia los suyos, vio que la estaba mirando y bajó los ojos hasta donde se le había levantado la camiseta, dejando al descubierto sus senos cubiertos por un sujetador de encaje azul.

Samantha volvió a levantar la cabeza y sus miradas se cruzaron. Algo oscuro brilló en la de Blake y ella contuvo el aliento en respuesta al recordar su beso. Hasta aquel momento en la montaña no había habido un «ellos».

Pero las cosas habían cambiado.

De pronto él se giró hacia la mesita y dejó el jersey sobre ella, diciéndole por encima del hombro:

–Te dejaré sola para que sigas con el resto, pero volveré enseguida para ver cómo estás –su voz sonaba dura cuando se dirigió hacia la puerta–. Deberías meterte en la cama.

Samantha se dio cuenta de que estaba tratando de ser un caballero y mantenerlo todo bajo control porque estaba herida, pero ¿y si no lo estuviera? ¿Le haría el amor?

Tragó saliva y trató de concentrarse en lo que le había dicho.

–No voy a quedarme aquí arriba todo el día, Blake. Puedo sentarme en el sofá de abajo y trabajar un poco –no le parecía bien meterse en la cama a mitad del día. A menos que…

Blake se detuvo en la puerta y la miró con firmeza.

–No te dejaré trabajar, pero puedes tumbarte en el sofá.

–Bien por ti –bromeó ella tratando de aliviar la tensión de la habitación.

Él no sonrió. Salió de allí y cerró la puerta tras él para dejarle algo de intimidad.

Tenía que darse prisa para que a él no le diera por volver y decidiera ayudarla a quitarse el resto de la ropa. Y no sería tan mala idea, pero estaba claro que él no pensaba en ello.

Primero fue al cuarto de baño, gimiendo cuando vio el reguero de sangre en su mejilla y el desastre del pelo. Se levantó con cuidado la camiseta por la cabeza. Sin poder evitarlo, se quedó mirando sus senos cubiertos de sugerente encaje y se le sonrojaron las mejillas al pensar en Blake contemplando aquella invitación de su cuerpo.

Llenó el lavabo con agua caliente, agarró una toalla y se limpió toda la sangre que pudo del pelo antes de cepillarlo suavemente por encima del corte. El resultado le gustó. Si no fuera por el dolor de cabeza, parecería como si no hubiera sufrido un accidente.

Pero si iba a ser una inválida aquel día, más le valía ponerse cómoda. Se puso unos vaqueros y una camisa de manga larga de botones que no tuvo que meterse por la cabeza. Blake llamó a la puerta cuando se estaba poniendo las zapatillas.

–Adelante –gritó ella medio sorprendida por el hecho de que hubiera llamado, considerando que parecía haberse hecho cargo de su bienestar.

Blake abrió la puerta y se quedó allí mirándola a la cara.

–Tienes mucho mejor aspecto.

–Me siento mejor. Gracias.

Entonces deslizó la mirada hacia abajo y una expresión de curiosidad le cruzó el rostro.

–No recuerdo haberte visto antes en vaqueros.

Con su mirada, Samantha sintió cómo se le

ajustaban los pantalones a la figura. El estómago le dio un vuelco.

–Normalmente, sólo me los pongo en casa –si estuvieran alojados en un hotel, Pine Lodge incluido, se pondría ropa mucho más estilosa. Consideraba que ir bien vestida era parte de su trabajo.

–Deberías ponértelos más a menudo –dijo con voz algo ahogada. Dio un paso atrás–. Vamos. Hay un sofá esperándote abajo.

Samantha esquivó su mirada al pasar por delante de él, pero sentía su presencia como una suave caricia.

Enseguida estuvo tumbada con varios cojines en la espalda y cubierta por una manta. Blake le preguntó si quería un libro, una revista o ver una película.

–Tal vez alguna revista –dijo, aunque en realidad no tenía ganas de hacer otra cosa que estar allí tumbada cerca de Blake–. No tienes por qué hacer esto –dijo cuando él fue a sacarlas del revistero.

Blake regresó con una selección de ellas y los labios apretados.

–Ya te lo he dicho, fue culpa mía que te hicieras daño. No debería haberte llevado conmigo.

–Pero tú sólo querías enseñarme dónde se va a construir el bungaló antes de que me marche de Aspen –dijo ella a borbotones.

Entonces vio cómo Blake apretaba todavía más los labios. Comprendió enseguida que no quería que le recordaran que se iba a marchar pronto.

–Además, lo hecho, hecho está. No te culpo, pero si quieres compensarme me encantaría tomar algo caliente. Un chocolate estaría muy bien.

–No. No deberías beber ni comer nada hasta dentro de unas horas. Podría empeorar las cosas.

Samantha se dio cuenta de que tenía razón, pero…

–Tengo mucha sed, Blake, y me encuentro bien. ¿Y si tomo un té de menta? Eso no me hará daño –vio cómo consideraba la opción.

Finalmente él asintió a regañadientes.

–Pero uno muy flojo.

Samantha sonrió.

–Gracias.

Blake se dirigió a la cocina y ella lo oyó moverse por allí. Su familia solía mimarla a veces así, y tenía que admitir que le encantaba que Blake la cuidara.

Él regresó enseguida con su bebida caliente y se acercó a la mesa de la esquina, donde habían organizado el despacho. Durante un tiempo permanecieron en silencio mientras ella ojeaba las revistas y se bebía el té a sorbos. Luego empezó a entrarle sueño. Finalmente se terminó la infusión y se puso más cómoda, con cuidado de no apoyar la cabeza por el lado herido al acurrucarse en el sofá. Cerró los ojos y se encontró pensando en Blake y en ella allí en la montaña.

Todavía recordaba la sensación de sus labios sobre los suyos.

El teléfono la despertó, sobresaltándola, y escuchó a Blake maldiciendo mientras contestaba. Samantha se incorporó y se atusó el pelo, escuchando su conversación. Era alguien de su familia que estaba preguntando por ella. Blake colgó rápidamente.

–Lo siento –le dijo–. Era Guy, que quería saber cómo estás. Se ha enterado de lo del accidente por Avery.

–Oh, eso es muy amable por su parte.

El teléfono volvió a sonar y Blake contestó.

–Sí, está bien, Gavin, pero voy a vigilarla de todas maneras –vio a Blake escuchar, luego le dirigió una mirada fulminante a ella antes de darse la vuelta–. Eres muy gracioso, Gavin.

Entonces colgó.

–¿Qué ha dicho? –preguntó ella con curiosidad.

–Nada importante.

¿Habría hecho Gavin algún comentario sobre que la tuviera vigilada? No le importaba. Podría jugar a su favor.

–Tu familia es muy amable al preocuparse por mí.

–Se supone que tienes que estar descansando. No quiero que te molesten.

Samantha miró hacia el reloj de pared, sorprendida al ver la hora.

–Debo de haberme dormido un buen rato.

–Una hora.

El teléfono volvió a sonar y Blake murmuró algo en voz baja. Esa vez era Trevor. En cuanto hubo colgado escuchó cómo se cerraban las puertas de un coche y Blake se acercó a la ventana.

–¿Quién es? –preguntó Samantha.

–Melissa y Shane.

Vio cómo Blake se dirigía hacia la puerta de entrada y lo llamó. Él se detuvo y la miró.

–Vas a dejarles entrar, ¿verdad?

Blake apretó los labios.

–Sólo un ratito.

–Sé amable –lo regañó con dulzura–. Creo que es maravilloso que tu familia se preocupe por mí.

Melissa, la hermana de Blake, y su prometido, Shane McDermott, entraron poco después en la cabaña llevando con ellos un soplo de aire fresco.

El cabello largo y ondulado de Melissa flotó cuando se acercó al sofá.

–¡Samantha! Hemos oído que has sufrido un accidente. ¿Estás bien?

A Samantha la conmovía que hubieran ido a verla.

–Estoy bien, Melissa. Gracias por pensar en mí.

–Está bien por el momento –dijo Blake desde cerca de la puerta, como si estuviera preparado para abrirla en cuanto hiciera falta–. Pero necesita descansar lo más posible.

Shane estaba a su lado, pero al menos le sonrió, no como Blake.

–Me alegro de verte, Samantha –dijo inclinando la cabeza.

Samantha le devolvió la sonrisa a aquel hombre tan guapo. Shane era el arquitecto que había diseñado los establos del complejo. Tenía un aspecto urbano y sofisticado, pero se había criado en un rancho cercano y no se podía negar su condición de vaquero.

–Yo también me alegro de verte, Shane.

Melissa se dejó caer en una de las sillas y frunció el ceño.

–Estás muy pálida. Y dime, ¿qué ha pasado? –sin darle tiempo a contestar, miró a los hombres–. Blake, me encantaría tomar un chocolate caliente. ¿Serías tan amable de preparármelo? –miró a Samantha–. ¿Tú quieres uno, querida?

Samantha arrugó la nariz.

–Blake no me deja.

Melissa pareció considerar la idea y luego miró a su hermano antes de asentir.

–Sí, probablemente sea lo mejor –miró a su prometido–. Shane, cariño, ¿te importaría ayudar a Blake en la cocina? No estoy segura de que sepa ni dónde está –bromeó.

Blake sonrió por primera vez desde su llegada.

–Te llevarías una sorpresa, Melissa.

Melissa se dio una palmadita en su ligeramente abultado vientre.

–Será mejor que os deis prisa. El niño tiene hambre –le guiñó un ojo a Samantha.

Samantha sonrió, pero cuando los hombres

las dejaron solas y miró a la hermana de Blake, sintió un escalofrío. Melissa tenía un brillo especial. Había anunciado hacía poco su embarazo y Shane y ella iban a casarse pronto. Habían tenido sus más y sus menos, pero ahora todo estaba bien.

Samantha se alegraba mucho por Melissa y al mismo tiempo se sentía triste por sí misma. Algún día quería tener una familia e hijos, pero no se imaginaba a ningún hombre como padre, excepto tal vez Blake. Eso significaba que tendría que casarse con ella, pero Blake no creía en el «y fueron felices para siempre», y ella tampoco estaba preparada.

Pero no podía dejar de pensar en la idea de acunar al bebé de Blake entre sus brazos. Suponía que era normal que una mujer pensara en tener hijos con el hombre por el que se sentía atraída. Y sin embargo, no recordaba haber pensado en tener hijos con Carl. Su idea de casarse con él se había limitado a imaginarlos juntos viajando por el mundo. Gracias a Dios, no habían llegado más lejos.

–¿Te encuentras bien, Samantha?

Ella esbozó una sonrisa.

–Aparte de un ligero dolor de cabeza, estoy perfectamente.

Los ojos azules de Melissa, tan parecidos a los de Blake, la miraron fijamente.

–He oído que nos vas a dejar pronto.

Ésa era la razón por la que había despedido a los hombres. Quería interrogarla.

81

Samantha trató de aparentar que estaba en paz con la decisión que había tomado.

—Sí, es hora de que me dirija hacia nuevos pastos.

—Blake te echará de menos.

—Eso me dice todo el mundo —aseguró Samantha con ironía, pero se alegró de que Blake regresara justo en aquel momento y le preguntara a su hermana cómo quería la bebida.

Cuando volvió a marcharse, Samantha desvió la conversación hacia el rancho en el que se había criado Shane. Melissa se mostró encantada de hablar de su prometido.

La pareja se quedó un rato hasta que Blake los echó de allí recordándoles que cierta persona necesitaba descansar.

—De acuerdo —dijo Blake cuando se hubieron ido—. Voy a trabajar un poco y luego te prepararé una tortilla para cenar, ¿qué te parece? No creo que debas comer nada pesado por si acaso.

Ella lo miró divertida.

—¿Es el doctor Jarrod el que habla?

Él no parecía encontrarlo divertido.

—Sí, así que toma nota.

—Lo haría, pero tú no me dejas trabajar —bromeó Samantha.

—Muy graciosa —murmuró Blake antes de ponerse a trabajar.

Ella suspiró. Blake se lo estaba tomando demasiado en serio, y aunque le parecía muy tierno, no era necesario. Para hacer algo mientras esperaba a que Blake terminara de trabajar, metió una película en el DVD y empezó a verla con auriculares para no molestarlo. Era una comedia romántica que no había visto y que le hizo reír. No se dio cuenta de que se estaba riendo en voz alta hasta que vio que Blake estaba a su lado en el sofá.

Detuvo la película y lo miró mientras se quitaba los auriculares.

–Lo siento. ¿Te estoy molestando?

–No –se quedó muy quieto–. Me gusta oírte reír. No lo haces muy a menudo.

A ella se le aceleró el pulso.

–Este trabajo no es precisamente una juerga –bromeó. Y entonces se dio cuenta de cómo había sonado–. Lo he expresado mal. No quise decir que…

–Sé lo que has querido decir –le aseguró Blake con naturalidad inclinándose hacia delante para quitar el cable de los auriculares de la televisión.

Agarró el mando y volvió a poner la película, pero en lugar de volver al trabajo se sentó en la otra silla.

Samantha parpadeó un poco sorprendida y luego trató de concentrarse mientras veían la película juntos. Blake sólo se había perdido quince minutos de la historia. Ella se relajó y, cuando hubo terminado, incluso Blake parecía relajado. Eso le gustó. A veces trabajaba demasiado duro.

Luego, aunque él le dijo que se quedara en el

sofá, lo siguió a la cocina cuando iba a preparar la cena.

—Necesito moverme. Se me están entumeciendo las piernas.

Blake frunció el ceño al instante.

—¿Las tienes entumecidas? ¿Sientes un cosquilleo? ¿Te resulta difícil caminar o...?

—Blake, sólo digo que quiero moverme un poco —lo atajó ella algo divertida por su agitación.

Él torció el gesto.

—De acuerdo, he reaccionado un poco exageradamente.

—¿Un poco? —bromeó ella.

Blake sonrió y señaló hacia el banco con la cabeza.

—Ve a sentarte ahí y tómatelo con calma.

Samantha ignoró la recomendación y se giró hacia la alacena.

—Primero pondré los mantelitos individuales y los cubiertos. Podemos cenar aquí.

Blake debió de suponer que sería una pérdida de tiempo discutir, porque asintió y se dispuso a preparar la tortilla. A Samantha le resultaba extraño verlo cocinar para ella. Sería otro recuerdo que se llevaría al marcharse.

Pronto estuvieron sentados en los altos taburetes para cenar, y la siguiente hora pasó volando mientras charlaban. Como si ninguno de los dos quisiera estropear el momento, no hablaron de su partida.

Cuando Blake mencionó de pasada a Donald

Jarrod, Samantha se quedó pensativa. Blake nunca había hablado de su padre cuando estaban en Las Vegas, pero ahora en Aspen ella había unido las piezas.

—Tu padre fue muy duro contigo, ¿verdad?

Blake se puso tenso y se encogió de hombros.

—Cuando mi madre murió, fue duro con todos sus hijos.

Ella se lo quedó mirando.

—Pero contigo más.

Un destello de sorpresa cruzó su rostro.

—Sí. ¿Cómo lo sabes?

—Eres el mayor. Tengo la impresión de que era un hombre de ideas fijas que nunca daba su brazo a torcer.

—Así es.

—Cuéntame más.

Blake guardó silencio y durante un instante ella creyó que no iba a decirle nada.

—Guy era sólo unos minutos más pequeño que yo —dijo entonces—. Pero a ojos de mi padre parecían años. Yo era el mayor, y sobre mí recaía toda la responsabilidad. Ninguno de nosotros jugó cuando era niño, pero supongo que yo tuve todavía menos tiempo que los demás.

—Eso es muy triste.

Blake se encogió de hombros.

—En realidad, mi padre nos hizo un favor. Crecimos siendo muy independientes. No necesitamos a nadie.

Samantha podía imaginárselo. Y eso era todavía más triste, pero no dijo nada. Ladeó la cabeza.

–Debió de ser muy duro perder a tu madre siendo tan pequeño. Y que tu padre se distanciara lo haría todavía más difícil. Los niños no entienden por qué se les retira el amor, pero lo sienten.

La expresión de Blake se volvió burlona y ella supo que había tocado una fibra sensible.

–Y tú entiendes cómo funciona la mente de un niño cuando pierde a uno de sus padres, ¿verdad?

Samantha torció el gesto. Blake sabía que sus padres vivían.

–Bueno, no, pero no creo que sea muy difícil entender por lo que has pasado.

Un destello de furia le cruzó el rostro.

–Ya es suficiente, Samantha. No necesito ni quiero tu compasión por algo que sucedió hace mucho tiempo.

–Pero…

El teléfono sonó entonces y Blake lo descolgó de la pared. Contestó con un ladrido.

–Espera, Erica, te la paso –le pasó el teléfono a Samantha.

–Veo que Blake está tan hablador como siempre –murmuró Erica al otro lado de la línea. No esperó a que Samantha le diera le razón–. He oído lo del accidente y quería saber cómo estás.

Samantha agradeció su preocupación.

–Estoy bien, gracias –trató de sonar animada–. Blake y yo acabamos de cenar. Ha hecho una tortilla.

Erica guardó un silencio elocuente.

–Un hombre de muchos talentos –dijo finalmente–. Entonces será mejor que te deje. Hablaremos mañana –colgó antes de que Samantha pudiera responder.

Samantha se tomó su tiempo para volver a poner el teléfono en su sitio y ocultó su expresión. No le iba a contar a Blake que su hermanastra estaba encantada de ver lo bien que se llevaban los dos.

–Ha sido muy amable por su parte llamar.

Blake apretó los labios.

–Me pregunto si me queda algún pariente que quiera interrumpirnos esta noche.

Ella frunció el ceño.

–Deberías darle una oportunidad a Erica.

Se sintió una corriente de ira, aunque Samantha sabía que no iba dirigida contra ella. Ladeó la cabeza.

–¿Culpas a Erica de la aventura de tu padre con su madre? –preguntó directamente.

Blake no parecía complacido con su comentario.

–No culpo a Erica de lo que hizo mi padre. Pero no me gusta que haya venido a separar a la familia. No estoy seguro de que vaya a quedarse en Aspen.

Samantha no entendía cómo podía decir algo así. ¿Acaso estaba ciego?

–Christian y ella están muy enamorados. Y ella está enamorada también de todo el mundo aquí en Jarrod Ridge. Sus corazones están aquí, Blake. No te van a abandonar.

Él maldijo.

–Me importa un bledo que se marchen o se queden. Además, no se trata de lo que yo sienta. Se trata de que ella cause problemas en la familia y luego se marche sin que le importe lo más mínimo.

–Estoy segura de que eso no va a pasar. Erica no es así.

Blake alzó una ceja.

–La conoces muy bien, ¿no?

–¿Y tú?

Blake apretó la mandíbula.

–Gracias por tu opinión, pero no la necesito –se puso de pie y empezó a recoger los platos–. Ve al salón. Llevaré el café allí.

Durante un instante, Samantha no se movió. Vio su espalda rígida y se sintió dolida por su lejanía y su brusquedad. Lo había presionado demasiado y no estaba muy segura de la razón, pero sentía que no estaba peleando sólo por Erica, sino también por el bien de Blake. Si consiguiera al menos que se acercara a Erica, entonces tal vez cuando se marchara sentiría que su tiempo allí había servido de algo. Tal vez surgiera algo nuevo de todo aquello. Suspiró. Tal vez estuviera tratando de encontrar algo que la hiciera sentir bien ante la idea de tener que dejar a Blake.

Y eso le hizo pensar en lo que había dicho antes sobre que Erica se fuera. ¿Sería eso el centro del asunto? Tal vez Blake tenía problemas con el abandono tras la muerte de su madre, y ahora le resultaba difícil acercarse a su hermanastra. O a cualquier persona, incluida ella.

Llamaron al timbre de la puerta y Blake volvió a maldecir.

–Será Joel –le recordó Samantha–. Dijo que vendría a ver cómo estoy.

–Quédate aquí –murmuró él pasando por delante de ella para abrir al otro hombre.

Unos segundos más tarde, Joel entró en la cocina. Percibió lo hogareño de la escena, pero se mostró muy profesional mientras la examinaba y dijo que estaba complacido.

–Tienes que mejorar para mañana por la noche –bromeó, pero Samantha vio la mirada que le lanzó a Blake y de pronto tuvo la sensación de que quería hacerle saber que estaba reclamando su territorio.

–¿Mañana por la noche? –preguntó Blake con tono amenazador.

Joel cerró su maletín.

–Samantha y yo tenemos una cita el lunes por la noche –le guiñó un ojo a ella–. Vamos a ir al cine.

Samantha iba a decir que en realidad no había aceptado todavía la invitación, pero la expresión de disgusto de Blake hizo que guardara silencio.

–Vamos a ver primero cómo se siente –dijo Blake con tono sombrío. Luego se apartó en clara indicación de que el médico debería salir por la puerta.

Joel vaciló, como si no estuviera dispuesto a

recibir órdenes. Luego debió de recordar que Blake era su jefe.

Inclinó la cabeza hacia Samantha.

–Te llamaré por la mañana –le dijo recogiendo el maletín.

Salió de la estancia y Blake lo acompañó a la puerta. Samantha no pudo evitar preguntarse si Blake estaría celoso de Joel. La idea hizo que el corazón se le disparara. Blake había querido besarla en la montaña, y sin duda eso tenía que significar algo.

De pronto necesitó saber qué sentía Blake por ella.

–Joel me encuentra atractiva, ¿no te parece? –preguntó despreocupadamente cuando Blake entró en la cocina.

–Eso parece –respondió con cinismo.

No iba a permitir que se fuera de rositas.

–¿Qué significa eso?

–Que cualquier mujer con el equipamiento correcto puede atraer a un hombre. Y créeme, tú tienes el equipamiento correcto –se burló deslizando las manos en los bolsillos del pantalón con gesto complacido.

–Gracias por dar por hecho que sólo sirvo para el sexo –afirmó ella algo indignada.

Blake sacó las manos de los bolsillos.

–No he dicho eso –aseguró acercándose a ver cómo iba el café. Luego se giró bruscamente–. Maldita sea, ¿qué diablos haces de todas formas con esos hombres? No los necesitas. Están por debajo de ti.

Asombrada, Samantha recuperó la confianza en sí misma.

—Tal vez quiera que estén debajo de mí —bromeó.

—No hables así.

Samantha contuvo un gemido. Sonaba como si estuviera celoso. Tenía que presionarlo más.

—No entiendo cómo puedes decir que un médico no es suficientemente bueno para mí, Blake.

—Porque no lo es.

—¿Y qué me dices de Ralph? Ni siquiera sabes cómo se gana la vida.

—¿Y tú sí?

Ella sí. Carraspeó antes de hablar.

—Es vendedor de coches.

—Eso explica por qué se le caía la baba.

—¡Blake! —no esperaba una respuesta así de él—. ¿Qué te pasa?

Él apretó los labios.

—Esos tipos no están detrás de ti por tu inteligencia.

Samantha arrugó la nariz.

—Muy amable por tu parte.

—Ya sabes a qué me refiero.

Sí, lo sabía. Por desgracia, sabía que era cierto. Y no habría importado si hubiera sentido el más mínimo interés por esos hombres. Pero se sentía un poco culpable por utilizarlos.

Ladeó la cabeza y supo que tenía que decirlo:

—Si no supiera que es imposible, diría que estás celoso.

–¿Y si lo estoy? –la retó sin previo aviso.

Samantha se sintió encantada pero no quiso alimentar su esperanza.

–Tendría que preguntarte la razón. ¿Es porque sabes que me voy a marchar y de pronto quieres lo que no puedes tener?

–Pero, ¿qué diablos…?

–¿O es porque realmente me deseas?

Durante un instante pareció que Blake fuera a acercarse más.

–¿Me preguntas eso después del beso que nos dimos?

Samantha contuvo el aliento.

–Yo…

Entonces algo cambió en la expresión de Blake y apretó la mandíbula.

–Éste no es el momento más adecuado para hablar del tema. Tienes que descansar. Debería tumbarte en el sofá.

La desilusión le cerró la garganta, pero entonces cayó en la cuenta de que se estaba retirando por su bien. Si no hubiera sido por el accidente, estaba convencida de que ahora estarían haciendo el amor.

–Creo que me meteré en la cama a leer un poco. Se está haciendo tarde –alzó la mano cuando él hizo amago de acompañarla–. No, puedo arreglármelas sola. Buenas noches, Blake. Y gracias.

Él asintió con la cabeza.

–Iré a ver cómo estás un par de veces por la noche –su voz tenía ahora un tono grave–. Así que te pido disculpas de antemano por la interrupción.

Samantha apartó la vista. La idea de que entrara en su dormitorio durante la noche le resultaba perturbadora. Luego se fue a la cama viendo las estrellas. Y no por el golpe en la cabeza. Por desgracia, sabía que Blake no se iba a aprovechar de ella mientras estuviera herida, y menos durante la noche, porque era un perfecto caballero. Pero más le valía tener cuidado cuando volviera a estar de pie.

Capítulo Seis

Blake miró el despertador de la mesilla y gruñó para sus adentros. Eran casi las siete y todavía estaba oscuro fuera, pero tenía que levantarse para ver cómo estaba Samantha antes de hacer ninguna otra cosa aquella mañana. Ese día tenía planeado trabajar desde Pine Lodge, así podría echarle un ojo. Pero antes tenía que ir al hotel a resolver unos asuntos.

Había pasado una noche inquieta, levantándose cada dos horas para ver cómo dormía Samantha en la habitación de al lado. Por supuesto, para ella era muy fácil dormir tan plácidamente. No tenía que enfrentarse a un atractivo miembro del sexo opuesto que llevaba pijama de seda y tenía un aspecto absolutamente delicioso en la cama. Y tampoco tenía que estirar el brazo para tocar en el hombro a esa persona para despertarla, ni ignorar el deseo de deslizarse en la cama a su lado para darle calor y volverla loca de placer.

Él también lo habría hecho si no hubiera tenido que despertarla y hacerle preguntas para asegurarse de que no sufría ningún tipo de confusión. La idea de que pudiera sufrir algún efecto secundario en la cabeza seguía provocándole una tensión en el estómago. Odiaba verla con dolor. Si no hubiera estado tan centrado en apartarla de Ralph, nada de todo aquello habría sucedido.

Ni siquiera el beso.

No, ese beso habría tenido lugar, si no allí en otro sitio. Ahora había algo entre ellos. Había comenzado la noche que ella le entregó su carta de dimisión. Y el día anterior se había derretido entre sus brazos al instante. Ninguna mujer había reaccionado así ante él antes.

Al recordar la sensación de sus labios bajo los suyos, se sintió tentado a quedarse allí tumbado y pensar en ella, pero sabía que nunca saldría de la cama si lo hacía. Y entonces sería Samantha la que le llevara a él el desayuno a la cama. La idea le resultaba placentera.

Soltando un gruñido, apartó el edredón y salió de la cama con los pantalones del pijama. Luego se dirigió al baño para darse una ducha, pero en cuanto abrió la puerta para encender la luz, la luz se encendió antes de que él apretara el interruptor y Samantha apareció por la puerta que los comunicaba.

Ella dio un salto atrás.

—¡Blake!

Una llamarada de fuego le recorrió a Blake las venas mientras deslizaba la mirada por su esbelto contorno, fijándose en que lo que había pensado que era un pijama de seda verde se trataba en realidad de un camisón esmeralda que llegaba a media pierna. Estaba muy sexy.

Alzó la cabeza para volver a mirarla a la cara.

–¿Qué tal la cabeza? –le preguntó con voz ronca.

Ella pareció sonrojarse.

–Eh… no me duele demasiado –se giró torpemente hacia el espejo, poniéndose de puntillas para ver su reflejo–. He venido a ver si estaba bien –se levantó los largos y revueltos mechones de pelo para ver la herida–. Sí, tiene buen aspecto. Tengo un chichón pequeño, pero no hay sangre.

Blake agradeció que estuviera bien, pero ¿sabía que al estirarse sobre el lavabo así la abertura del camisón mostraba más piel de sus piernas de seda de la que había visto nunca antes?

De pronto, Samantha pareció quedarse paralizada ante el espejo y Blake se dio cuenta de que lo estaba mirando a él en el reflejo con una mirada de deseo que descendía por su pecho desnudo hasta los pantalones del pijama. Se puso tenso por la excitación y ella debió de notarlo. Sus miradas quedaron engarzadas en el espejo.

Entonces Samantha se apartó lentamente del lavabo y se giró para mirarlo con la barbilla alzada en gesto provocador, con sus ojos invitándolo a tomarla. Pillado de sorpresa por esa mirada tan poco frecuente en ella, tragó saliva. Su asistente estaba mostrándole últimamente una nueva faceta de sí misma.

–Samantha –dijo con voz ronca dando un paso hacia ella–. ¿Sabes lo que estás…?

–Sí, Blake, lo sé.

Samantha se acercó y le puso las manos sobre el pecho buscándole la boca con la suya, abriendo los labios bajo los suyos sin ninguna presión.

Se besaron con pasión y exigencia con los cuerpos pegados, disfrutando el uno del otro. Entonces el gemido de Samantha llegó hasta su boca, y cegado por el deseo, Blake la besó con más deseo hasta que tuvo que apartarse para tomar aire.

Pero sólo durante un instante, y entonces empezó a darle besos suaves por el cuello antes de volver a los labios. Necesitaba estar dentro de su boca una vez más, respirarla.

La atrajo con más fuerza hacia sí y deslizó las manos con deseo por la seda del camisón y sus femeninas curvas. Samantha se estremeció de la cabeza a los pies, agarrándose con fuerza a sus hombros.

Boca sobre boca, la apoyó contra el lavabo y la subió encima de una esponjosa toalla. Ella abrió las piernas y Blake escuchó cómo se desabrochaba el botón delantero del camisón. Blake gimió con aprobación y se hundió entre sus piernas.

Y el frío del mármol rozó su erección a través del pijama.

El impacto hizo que se quedara quieto. Dios sabía que le vendría bien un poco de frío, un poco de calma. Pero Samantha estaba sentada delante de él con la cabeza echada hacia atrás y los ojos cerrados. Tenía las mejillas sonrojadas, la respiración agitada y parecía estar a punto de perder el control. Él también se sentía atrapado en una enorme espiral de deseo, y tuvo que preguntarse cuánta experiencia tendría Samantha. Tragó saliva, inquieto. ¿Sería posible que fuera virgen?

No sabía cómo tomárselo, lo que sí sabía era que no podía continuar con eso en aquel momento. Sus amantes anteriores conocían bien el juego, pero tal vez aquella mujer no. Y si estaba jugando con algo más que con su cuerpo, si también estaban en juego sus sentimientos, podría romperle el corazón. No quería hacerle eso a Samantha.

Pero no era el momento de hablar del tema mientras ella estaba tan sexy y tan dispuesta. Había demasiado deseo en el aire allí. Sólo serviría para confundir las cosas. Le caía demasiado bien para hacerle algo así.

Soltándole las manos del cuello, la bajó, odiando tener que apartarse de ella.

–Lo siento, Samantha.

La sorpresa se reflejó en su rostro.

–Pero, ¿qué…?

–No puedo hacerlo –jadeó–. Así no –por muy duro que le resultara rechazarla, se dio la vuelta y regresó a su habitación.

Deseaba con todas sus fuerzas darse la vuelta, estrecharla entre sus brazos y llevarla a la cama. Se estremeció al cerrar la puerta entre ellos.

Ya hablarían más tarde y tal vez tuviera que

mantener aquella puerta cerrada de forma permanente.

Tal vez Samantha fuera el camino que no debería tomar. Pero tenía que pensar en lo que era mejor para ella. Se merecía algo mejor que convertirse en su amante temporal.

Samantha no supo cómo volvió a su dormitorio. Se sentía completamente humillada. Había hecho exactamente lo que había querido hacer y le había dado la bienvenida a Blake. No había ido deliberadamente al baño para seducirlo ahí, pero se había presentado la oportunidad y creía que había funcionado. Pero entonces él se había marchado bruscamente y, a pesar de su obvia excitación, había dicho que no podía hacerlo.

No podía hacer el amor con ella.

Sabía que esa vez no tenía nada que ver con la herida que tenía en la cabeza. Podía decir que sí, pero ella sabía que el problema estaba en que no la deseaba lo suficiente. Su cuerpo había reaccionado automáticamente al tener a una mujer entre sus brazos, pero su mente estaba en otro sitio. Como él mismo había dicho la noche anterior, cualquier mujer con el equipamiento necesario podría atraer a un hombre. Por desgracia, la atracción que sentía por ella no había sido suficiente. Para él no.

Se repetía la historia de Carl.

Se dejó caer sobre la cama porque le fallaron las piernas. ¿Habría cometido algún error sin darse cuenta? ¿Algo que le hubiera molestado? Estaba claro que no se encontraba sumido en el momento como ella. Había sido maravilloso estar entre sus brazos, pero Blake no había sentido lo mismo. Ahora le quedaba claro que Blake podía encenderse y apagarse a voluntad, tal y como había hecho después del beso que se habían dado en la montaña.

No como ella.

Oh, Dios, ¿qué iba a hacer? ¿Cómo iba a enfrentarse a él ahora? Y peor todavía, ¿la liberaría ahora de su contrato? Tenía la sensación de que iba a decirle que se marchara cuanto antes.

En aquel instante, sus sentimientos se quedaron paralizados. Alzó la barbilla. De acuerdo. Se marcharía sin protestar. Se dijo que era lo que tenía que hacer de todas maneras. Lamentaba tener que marcharse con aquel asunto colgando entre ellos, pero las cosas habían llegado demasiado lejos. Era una buena lección sobre tener cuidado con lo que se deseaba. Ahora sólo esperaba que aquella pesadilla pasara.

Samantha se dio una ducha y se lavó cuidadosamente el pelo, pero no supo si sentirse aliviada o angustiada cuando salió del baño y escuchó el coche de Blake marchándose. Se asomó a la ventana del dormitorio y vio cómo se dirigía hacia el hotel con la primera luz de la mañana. Estaba claro que ahora no le importaba nada que se quedara sola, pensó sintiendo una puñalada de dolor.

Entonces el corazón se le cayó a los pies. Tal

vez Blake hubiera ido a decirle a su familia que iba a marcharse antes. ¿Les diría por qué? ¿Les contaría que le había montado un numerito y le había puesto en una posición incómoda? Las mejillas se le sonrojaron ante la idea y le entraron ganas de curvarse como una bola y no volver a ver a ninguno de ellos.

Pero el orgullo no le permitía hacer algo así. Había mantenido la cabeza muy alta cuando Carl la rechazó, y ahora volvería a hacer lo mismo. Iría al hotel, terminaría su trabajo y buscaría a alguien que la sustituyera. Si sonreía a todo el mundo y actuaba con despreocupación, entonces nadie sabría lo mal que se sentía.

Nadie excepto Blake.

Media hora más tarde estaba sentada ante su escritorio en el hotel, aliviada de no haberse cruzado con nadie conocido. No quería responder a preguntas sobre su accidente, ni sobre nada más.

Por suerte la puerta del despacho de Blake estaba cerrada, aunque la luz roja del teléfono le indicaba que estaba hablando. Se organizó rápidamente y luego encontró el número que estaba buscando y descolgó el teléfono con la esperanza de que alguien de la agencia de empleo estuviera trabajando tan temprano como ella. Sabía que en cuanto el botón rojo del teléfono de Blake se encendiera con su extensión, Blake sabría que estaba allí, pero no podía evitarlo.

Le respondió el contestador. Había trabajado con aquella agencia de empleo con anterioridad para otros asuntos laborales, así que decidió dejar un mensaje.

–Hola, soy Samantha Thompson, llamo en nombre de Empresas Blake Jarrod. Por favor, que Mary Wentworth me devuelva la llamada cuanto antes –la luz roja del teléfono de Blake se apagó. Comenzó a latirle el corazón a toda prisa cuando un segundo después se abrió de golpe su puerta–. Es sobre un puesto que va a quedar disponible –Blake se acercó a su escritorio–. Se trata de…

Blake apretó el botón para desconectar la llamada y la miró fijamente.

–¿Qué demonios estás haciendo? –inquirió en voz baja.

Ella alzó la barbilla para mirarlo.

–Estoy intentando trabajar.

–Pensé que tendrías el sentido común de descansar hoy.

–Te aseguro que no necesito descansar. Ya descansé suficiente ayer –colgó con tranquilidad el teléfono–. Ahora me encuentro perfectamente.

Blake entornó los ojos.

–¿Y por qué diablos estás llamando a alguien para tu puesto de trabajo?

–Necesitas una nueva ayudante.

–Estoy contento con la antigua.

Ella alzó una ceja.

–¿De verdad? No me ha dado esa sensación

esta mañana –dijo con frialdad, cuando lo único que deseaba era echarse a llorar.

Blake soltó una palabrota.

–No te preocupes, Blake. Me marcharé de Aspen pronto, así que no tendrás que preocuparte de que te ataque.

Entonces él parpadeó.

–¡Pero qué diablos! –volvió a soltar otra palabrota–. Tenemos que hablar.

–Es un poco tarde para hablar, ¿no te parece? –volvió a agarrar el teléfono.

Blake le sujetó la mano.

–Escucha, Samantha…

Erica entró en el despacho y se quedó paralizada, parpadeando sorprendida mientras miraba primero a uno y luego a otro.

–Eh… Blake, tu coche está aquí para llevarte al aeropuerto.

Blake soltó la mano de Samantha.

–Gracias, Erica.

Samantha sintió cómo palidecía.

–¿Te vas?

¿Igual que Carl?

Blake la miró de forma extraña.

–Ha sucedido algo por la noche en uno de los hoteles y tengo que ir a Las Vegas a solucionarlo. Ya te lo contaré más tarde.

La tensión que sentía en su interior se calmó del mismo modo que se había desatado. Así que iba a volver. Había sido una estupidez por su parte pensar que no lo haría. Blake no renunciaría a todo aquello por ella.

Se puso de pie.

–Iré contigo –cuando estuviera en Las Vegas, empezaría a cerrar los asuntos de su vida en Aspen.

–No, tú te quedas aquí. No debes volar con un herida en la cabeza –aseguró con firmeza, sorprendiéndola.

Había pensado que estaría deseando sacarla de Aspen. Blake se dirigió a su hermanastra.

–Erica, ¿puedes echarle un ojo a Samantha y asegurarte de que no se quede aquí demasiado tiempo hoy?

Erica lo miró asombrada, pero claramente complacida.

–Por supuesto.

Quedaba claro que le gustaba que su hermano le hubiera pedido ayuda, pero a Samantha le sorprendía que Blake quisiera que se quedara en Aspen.

Blake asintió.

–Gracias. Recogeré mis cosas –mientras hablaba se dirigió hacia su despacho antes de volver a salir con el maletín y el abrigo. Miró a Samantha–. Volveré esta noche. Entonces te lo contaré todo –se dirigió hacia la puerta y vaciló un instante–. Estarás aquí cuando vuelva, ¿verdad, Samantha?

Ella recordó entonces los sentimientos de abandono que pensaba que Blake podía tener tras la muerte de su madre. ¿Pensaría que ella también lo iba a abandonar? Se sintió conmovida.

–Te lo prometo.

Pareció quedarse satisfecho y se despidió de Erica con una inclinación de cabeza al pasar por delante de ella. Unos segundos después de que se hubiera marchado, Erica se acercó a su escritorio.

—¿Estás bien?

—Ya no me duele la cabeza, gracias.

—Ya sabes que no me refiero a eso.

Samantha torció el gesto.

—Sí, supongo que estoy bien.

—Está preocupado por ti.

—Está preocupado por el trabajo.

—Te equivocas —Erica hizo una pausa—. Dale la oportunidad de explicarse.

El teléfono sonó entonces y Erica dijo que tenía que ir a ocuparse de un asunto pero que regresaría más tarde. Samantha contestó y escuchó la voz de Mary Wentworth, y supo que tenía que tomarse las cosas con más calma. Así que le dijo a la otra mujer que no podía hablar en aquel momento y que la llamaría al día siguiente.

Para entonces ya sabría cómo estaban las cosas entre Blake y ella. En cualquier caso, se iba a marchar. La única duda era cuándo. Seguramente no podría quedarse en Jarrod Ridge más allá de mañana, pero al menos esta noche sabría cuando Blake volviera qué le había hecho apartarse de ella. Tal vez fuera algo que no le gustara oír, pero necesitaba saberlo para no pasarse la vida preguntándoselo.

Erica regresó una horas más tarde, pero Samantha seguía sintiéndose físicamente bien y la convenció para que no se preocupara. Había decidido trabajar hasta la hora de comer y luego volvió a la cabaña para prepararse una comida ligera. Después se sintió cansada y se tumbó en el sofá para echarse una siesta.

El timbre de la entrada sonó un poco más tarde. Era una florista con un jarrón lleno de los tulipanes amarillos más bonitos que había visto en su vida. El corazón el dio un vuelco. Su familia no tenía costumbre de mandar flores, y allí sólo había una persona que supiera que le encantaban los tulipanes amarillos. Con ellos venía una tarjeta: *Cena esta noche. Pine Lodge. Todo está arreglado. Te veré a las siete.*

Tenía un nudo en la garganta de emoción cuando llevó el jarrón a la mesa. Entonces sonó el teléfono.

Era Joel. Oh, Dios. Se le había olvidado la cita que tenía esa noche con él. Miró los tulipanes y supo que prefería pasar sus últimas horas en Aspen con Blake que ir al cine con Joel.

Abrió la boca para hablar, pero antes de que pudiera decir nada él se disculpó y le dijo que su prima estaba aquella noche en la ciudad y era su única oportunidad para verla. ¿Le importaba? No. ¿Podían ir al cine mañana por la noche? Samantha dijo que ya se lo confirmaría. No sabía si seguiría allí al día siguiente por la noche.

Samantha se despidió y colgó. Al segundo después Joel ya estaba relegado al fondo de su mente. Tal vez Blake sólo quisiera hablar de trabajo aquella noche, pero en aquel momento no le importaba. Necesitaba saber qué había pasado por la mañana. Y lo que era más importante, quería saber si existía la más mínima posibilidad de arreglarlo.

Capítulo Siete

Samantha no sabía qué ponerse aquella noche. Aunque las flores y la cena eran un detalle por parte de Blake, no significaba que la deseara. Al final decidió ponerse algo poco comprometedor, como si fuera a cenar con él por algún asunto de negocios. Se puso un jersey fino de color marrón con pantalones crema y sandalias de tacón bajo. Añadió una cadena de oro al cuello para darle un poco de estilo al conjunto.

Justo después de las seis y media, uno de los miembros del personal del hotel llegó cuando los últimos rayos de sol se escondían tras la cabaña. El camarero puso una cacerola en el horno para mantenerla caliente, el postre en la nevera y encendió la chimenea antes de poner la mesa de una forma preciosa en el comedor. ¿Había pedido Blake las dos velas? Estaba a punto de preguntárselo al joven camarero cuando Blake entró por la puerta principal.

–¡Blake! –exclamó ella con el pulso acelerado al verlo. Al darse cuenta de que podría haberse delatado, recuperó la compostura y se calmó–. No te esperaba tan pronto.

–Traíamos el viento de cola –saludó al camarero con una inclinación de cabeza–. Está todo muy bien, Andy. Gracias.

–No hay de qué, señor Jarrod –Andy sonrió a ambos–. Mañana vendré a recogerlo todo –se despidió saliendo por la cocina.

Blake se quedó allí un instante mirando a Samantha y luego apartó la vista.

–Me vendría bien darme una ducha –murmuró dirigiéndose a las escaleras.

De pronto Samantha se sintió nerviosa.

–Me aseguraré de que la comida esté bien –salió de la estancia y entró en la cocina, donde se ocupó sin ninguna necesidad de la cacerola y luego se sirvió un vaso de agua para calmarse.

Pero no pudo permanecer mucho tiempo allí y enseguida volvió a la zona de estar. Había demasiado silencio, así que puso un CD y se sentó en el sofá a esperar. El aroma de la leña ardiendo en la chimenea comenzó a flotar por la estancia, y tras unos minutos sintió que la música suave comenzaba a calmar su tensión. Entonces se dio cuenta de lo romántico que resultaba el escenario. Gimió para sus adentros. No había sido intencionado, pero ¿lo creería Blake? Asustada ante la idea de que pudiera pensar que estaba tratando de seducirlo, estuvo a punto de saltar y apagar la música cuando vio a Blake bajando las escaleras. No la estaba mirando, y ella bebió de su visión. Estaba muy guapo con los finos pantalones grises y el jersey azul marino, pero fue su aura de magnética masculinidad lo que la dejó sin aliento.

Llegó al final de las escaleras y entonces alzó la vista y captó el ambiente de la estancia.

–Debes de estar cansado –dijo ella tratando de que no se fijara en la obviedad.

–Un poco. Ha sido un día muy largo.

Y entonces sus ojos se cruzaron y resurgieron los recuerdos de aquella mañana.

Ella se humedeció los labios.

–Blake, yo…

Él sacudió la cabeza.

–Todavía no, Samantha. Primero cenemos. Estoy hambriento y necesito relajarme un poco.

–Por supuesto –ella se dirigió hacia la cocina–. Serviré la cena.

–Yo serviré el vino.

Samantha se marchó a toda prisa y suspiró con fuerza cuando llegó a la intimidad de la cocina. Blake no hablaría del tema hasta que estuviera preparado, así que tendría que tener un poco de paciencia. Tal vez sería mejor que tuviera algo de comida en el estómago.

Cuando regresó con los platos de pollo, Blake estaba sentado a la mesa y había servido el vino. Se puso de pie cuando ella se acercó y le quitó los platos. Siempre había sido un caballero con ella, le retiraba la silla y le abría las puertas. Sabía que era algo que hacía en piloto automático.

–Has encendido las velas –dijo Samantha por decir algo–. Está precioso.

Blake dejó los platos sobre la mesa.

–Andy sabe hacer su trabajo.

No supo si quería decir que él le había pedido que lo hiciera o que Andy había improvisado. Tomó asiento mientras él le retiraba la silla, tal y como esperaba que hiciera. Al hacerlo vio los tulipanes en la mesa auxiliar. Seguramente ésa sería la razón por la que la había mirado de forma tan extraña antes de subir a cambiarse. Debía de pensar que era una desagradecida.

–Oh, Blake, tendría que habértelo dicho antes. Muchas gracias por los tulipanes. Son preciosos.

–Entonces, ¿te gustan? –parecía complacido cuando se sentó frente a ella.

–Me encantan.

Blake se la quedó mirando.

–La herida que te hiciste en la cabeza me ha venido bien.

Samantha parpadeó.

–¿Ah, sí?

–He aprendido un par de cosas sobre ti. Tu color favorito y tu flor favorita.

–¿Quieres saber cuál es mi perfume favorito también? –bromeó, conmovida por sus palabras.

Pero él no se rió.

–Es Paris, de Yves Saint Laurent –aseguró con inesperada gravedad.

–¿Cómo lo sabes?

–Lo compraste la primera vez que fuimos a París juntos, ¿te acuerdas? –hizo que sonara como si hubieran estado en París por placer.

Sorprendida de que recordada aquella ocasión sucedida dos años atrás, Samantha bajó la vista hacia la servilleta que tenía en el regazo.

–Esto tiene un aspecto delicioso.

Se hizo una pequeña pausa.

–Sí.

Podía sentir los ojos de Blake clavados en ella cuando agarró el tenedor y finalmente se atrevió a mirarlo otra vez.

–Y dime, ¿cuál era el problema en Las Vegas que tenías que solucionar con tanta urgencia?

–Un problema con uno de los chefs –dijo él agarrando su tenedor–. Estaba siendo demasiado temperamental y el personal de la cocina amenazaba con marcharse.

–¿Y ya está resuelto?

–Por supuesto.

Samantha sonrió.

–Naturalmente. En caso contrario no habrías vuelto, ¿verdad?

–¿Qué ha pasado con la cita que tenías esta noche con Joel?

Samantha se estaba preguntando si lo mencionaría. Y entonces se le pasó por la cabeza otra cosa: ¿se las habría arreglado para quitarse del medio a Joel aquella noche? La idea provocó que se le acelerara el pulso.

–Su prima va a estar en Aspen esta noche y quería estar con ella –ladeó la cabeza–. Tú no habrás tenido nada que ver con esto, ¿verdad?

Blake alzó las cejas.

–¿Yo? Créeme, no soy tan listo –aseguró con tono de humor–. Pero dime, ¿cómo te encuentras?

–De maravilla.

Blake escudriñó su rostro y luego inclinó la cabeza en gesto de satisfacción.

–Al menos, sólo has trabajado medio día.

Ella abrió los ojos de par en par.

–¿Cómo lo sabes?

–He hablado con Erica. Me ha dicho que te fuiste a la hora de comer.

Samantha sonrió.

–¿Te ha dicho también que después de eso ha llamado cada media hora para ver cómo estaba?

–Me prometió que lo haría.

Ella trató de no ver más allá de lo que había. Seguramente quería que mejorara para poder librarse de ella cuanto antes. Pero se dio cuenta de que eso era injusto.

–Siempre te preocupas por tus empleados. Gracias, Blake.

Él la miró con extrañeza, como si no entendiera que se pusiera en el mismo saco que los demás.

Samantha agarró su copa de vino.

–¿Sabes, Blake? Erica no es tan mala como tú imaginas. Sospecho que me habría vigilado aunque no se lo hubieras pedido –lo observó por encima del borde de la copa.

Blake frunció el ceño.

–Supongo que sí –aunque parecía dispuesto a darle la razón, no estaba totalmente convencido de las intenciones de Erica.

Y Samantha sabía por qué.

–Crees que sólo hace las cosas por un motivo, ¿verdad?

–Tal vez.

–¿Se te ha ocurrido pensar que ese motivo puedes ser tú? Tal vez quiera conocer a su hermano y sepa que la única manera de hacerlo es demostrándole que está dispuesta a ayudar.

–Tal vez –Blake hizo una pausa–. Pero tú también le importas.

Samantha sintió una oleada de afecto por Erica.

–Y eso demuestra que es una persona amable que merece tu amistad, si no tu amor.

Él apretó los labios.

–Parece que el golpe en la cabeza te ha ablandado el cerebro. Ahora crees que eres psicoanalista, ¿verdad?

–En lo que a ti se refiere, tengo que serlo –dijo sin pensar.

Pero sabía que la palabra «amor» le había hecho desviar la conversación. Una expresión extraña cruzó por el rostro de Blake.

–¿Y por qué quieres psicoanalizarme ahora? –preguntó Blake.

Esa vez se lo pensó antes de hablar. No tenía sentido delatarse más de lo necesario. Sería mejor que mantuviera levantado un muro. Consiguió sonreír a duras penas.

–A la gente le gusta saber cómo funciona el cerebro de su jefe. Ayuda en el trabajo.

Blake se reclinó en la silla.

–Sí, siempre se te ha dado bien eso.

Entonces, cuando Samantha creía que lo tenía todo bajo control, sintió un nudo en la garganta. No podía seguir ignorando el asunto que le importaba.

–Blake, ¿no crees que ya es hora de que hablemos de anoche? Me cuidaste tan bien, y luego esta mañana...

Él se quedó muy quieto.

–¿Sí?

Samantha tragó saliva. Tenía que hacerle la siguiente pregunta, y tenía que estar preparada para aceptar la respuesta.

–Me gustaría saber qué hice mal.

Blake palideció y se inclinó hacia delante.

–Nada. Samantha. No hiciste nada malo.

–Entonces, ¿qué...?

Él aspiró con fuerza el aire.

–Samantha, ¿eres virgen?

Ella sintió que se le sonrojaban las mejillas.

–No.

Blake pareció sorprendido.

–Pensé que lo eras.

–Bueno, pues no lo soy –dijo bajando los hombros y preguntándose dónde llevaría aquello.

La expresión de Blake se suavizó un tanto.

–Pero no tienes mucha experiencia, ¿verdad?

De acuerdo, así que llevaba a una vergüenza mayor. Sintió cómo se sonrojaba todavía más.

–Debes saber que no... no he estado con muchos hombres.

–¿Con cuántos?

–Eso no es asunto tuyo.

–Esta mañana lo has convertido en asunto mío.

Entonces ella vaciló.

–Un amante cuando era adolescente.

Blake alzó las cejas.

–¿Y desde entonces nada? –debió de haberle leído el pensamiento–. Puedes decírmelo. No voy a decírselo a nadie.

–Bueno, hubo un hombre en Pasadena…

Blake no pestañeó, pero ella supo que tenía su atención.

–¿Y?

–No fuimos amantes, pero yo estaba enamorada de él.

–¿Qué pasó?

Samantha curvó los labios hacia abajo.

–Él no estaba enamorado de mí.

Blake asintió.

–Eso explica que no hayas tenido ninguna relación desde que te conozco –dijo casi para sus adentros–. ¿Sigues enamorada de él?

–No. Carl se marchó al extranjero y terminó casándose con otra. Me di cuenta de que estaba enamorada de la idea del amor, nada más –Samantha suspiró–. Pero aprendí que nunca se puede estar seguro de los sentimientos de otra persona –al darse cuenta de que estaba revelando demasiado, trató de aparentar naturalidad–. Así que ya ves, sólo puedo decir que he tenido un amante, y eso fue hace mucho tiempo.

–Se nota.

–Lo siento –Samantha se vino abajo–. Creí que mi entusiasmo podría compensar mi falta de experiencia.

–No te disculpes. Tu entusiasmo fue genial. Más que genial –dijo él con brusquedad–. Me costó mucho apartarme de ti.

–¿De verdad? Pensé que no me deseabas.

Blake dejó escapar un áspero suspiro.

–¿Te parecía que mi cuerpo no te deseaba?

Samantha recordó los tensos músculos de su cuerpo quemándole la piel a través del camisón.

–No –murmuró antes de aclararse la garganta–. Pero pensé que los hombres pueden encenderse y apagarse con facilidad –desde luego, Carl había sido capaz de no ir más allá de unos cuantos besos.

–Yo no soy de piedra como ese otro tipo –aseguró Blake leyéndole el pensamiento–. Y todo esto me demuestra que esta mañana hice lo correcto. Yo soy el que tiene experiencia aquí, y eso significa que tengo una responsabilidad sobre ti. Ahora me alegro de no haber tomado algo que luego podrías arrepentirte de haber entregado.

–¿Te refieres a mi virginidad? No soy virgen.

–Eso lo sé ahora.

–Tendrías que haberme preguntado en su momento.

Blake apretó los labios.

–No se trata sólo de eso –aseguró.

–Entiendo –murmuró ella con tristeza.

–No, creo que no –Blake apretó las mandíbulas–. Eres muy generosa, Samantha. Me lo estabas dando todo, y me preocupaba que vieras en esto más de lo que hay. No estaba seguro de que supieras manejar tus sentimientos.

Le agradecía la intención, pero se le cayó el alma a los pies. ¿Por qué todos los hombres sentían que debían advertirla?

–No te preocupes –le aseguró–. No tengo pensado repetir la historia y entregarle el corazón a alguien en el futuro.

Los ojos de Blake buscaron los suyos.

–¿Estás segura?

–Absolutamente. Tal vez seas tú quien no sepa manejar tus sentimientos, Blake.

Él pareció sorprendido y luego torció el gesto.

–Lo admito, no puedo. Y para ser sinceros, ni siquiera lo intento –hizo una pausa–. Pero no estamos hablando de mí, sino de ti.

Ella le agradecía la sinceridad, pero sabía cuidar de sí misma.

–Gracias, pero estás cometiendo una injusticia conmigo. Soy una mujer adulta. Sé que el sexo no siempre significa compromiso. Sé lo que quiero, y mientras esté aquí, lo que quiero es a ti –lo miró directamente a los ojos–. Te deseo, Blake. Mucho.

–Tu cabeza…

–Se está curando.

Los ojos de Blake brillaron con sensualidad.

–Entonces, hazme un favor. Sube y ponte el camisón para mí –le pidió con voz ronca–. Esta mañana estabas muy sexy. He estado pensando en ello todo el día.

***

Samantha no podía negar que estaba nerviosa cuando salió de su habitación en camisón y bajó las escaleras subida a unas sandalias de tacón alto que se había puesto en el último momento.

Blake había apagado las luces y estaba al lado de la chimenea, mirándola bajo la luz del fuego con la misma expresión que tenía el sábado pasado, cuando ella se arregló para su cita con Joel. Aquella noche había intentado llamar su atención para ponerle celoso. Esa noche ambos sabían que formarían parte el uno del otro. El poder de aquella idea la asombró.

–Ven aquí, Samantha –dijo con voz ronca cuando ella llegó al último escalón.

Ella se estremeció al acercarse a él sin vacilar. Los azules ojos de Blake se deslizaron despacio por su cuerpo.

–Dios, qué sexy eres, Samantha Thompson –murmuró atrayéndola hacia sí–. Y ahora, ¿sientes que puedo encenderme y apagarme con facilidad? –dijo apretándose contra ella.

–No –susurró Samantha sintiendo la dureza de su cuerpo.

–Esta vez no hay vuelta atrás –aseguró Blake.

–Bésame, Blake.

Él obedeció. Una vez y otra, lenta y largamente. Y luego se apartó y la miró a los ojos.

–Quiero que te pongas delante del fuego –murmuró–. Aquí. Túmbate sobre los cojines.

Samantha vio que había colocado dos grandes cojines cerca del fuego.

–Ten cuidado con la cabeza –dijo ayudándola con delicadeza a tumbarse sobre la gruesa alfombra.

Enseguida estuvo allí tumbada con su camisón y sus sandalias doradas y Blake colocado de pie frente al fuego, escudriñándola hasta llegar a la juntura de los muslos.

–Te has dejado las braguitas puestas –murmuró, haciéndole saber que se le debía de haber abierto la parte delantera del camisón.

Samantha se humedeció los labios.

–Quería quitármelas, pero…

–Estaré encantado de hacer yo los honores –la interrumpió él–. Pero será dentro de un minuto.

–Quítate la ropa primero, Blake. No me hagas esperar.

Los ojos de Blake se oscurecieron y él se quitó el jersey y también la camiseta, dejándolos a un lado. Se quitó los zapatos y se llevó la mano al cinturón.

Vaciló.

–Los pantalones también –estaba deseando verle desnudo por primera vez.

Transcurrió otro segundo y luego se puso las manos en la hebilla.

–Todavía no –cayó de rodillas a su lado y deslizó la mirada por su cuerpo, como si quisiera grabárselo en su memoria.

Pero su pecho desnudo la atraía y Samantha extendió los brazos para tocarlo. Blake gruñó y le puso la mano sobre la suya, impidiendo que la moviera.

–Todavía no –repitió retirándole la mano.

Y entonces, con lenta deliberación, comenzó a desabrocharle la parte superior del camisón. Samantha jadeó mientras seguía desabrochándole botones y le deslizaba un poco el camisón por el hombro.

–Llevo desde por la mañana queriendo hacer esto –murmuró inclinando la cabeza y besándole la curva del hombro hasta llegar al cuello, y luego deslizó la boca hasta el valle de sus senos.

Blake aspiró con fuerza el aire y luego levantó la cara y desabrochó otro botón, dejando al descubierto sus senos. Al instante se inclinó sobre ella y utilizó la boca para poseer uno de sus pezones antes de moverse hacia el otro, lamiéndolo hacia delante y hacia atrás.

–Oh, Dios mío –murmuró ella, estremeciéndose ante el exquisito contacto–. Yo...

–Tranquila, preciosa –Blake se retiró un tanto. Desabrochó un botón más, lo que le permitió cubrirle de besos la expuesta piel del ombligo.

Samantha volvió a estremecerse cuando le pasó la palma de la mano por el estómago antes de terminar de desabrochar todos los botones y abrirle el camisón del todo, dejando al descubierto su casi completa desnudez.

–Preciosa –murmuró deslizando los dedos por la cinturilla de sus braguitas.

Cuando hubo terminado, se movió para arrodillarse entre sus muslos. Samantha gimió suavemente.

–Absolutamente preciosa –le introdujo un dedo entre el triángulo de vello, haciéndola gemir–. ¿Te gusta?

Ella volvió a gemir.

–Oh, sí.

Blake jugueteó durante un instante con su piel húmeda, provocándole estremecimientos. Y luego le deslizó las manos bajo las nalgas y levantó la parte inferior de su cuerpo hacia él. La tela de seda de su camisón cayó del todo mientras inclinaba la cabeza hacia la oscura uve de entre sus muslos.

Pero antes de tocarla, se detuvo y volvió a mirarla. Sus miradas quedaron engarzadas. Blake no habló ni movió un músculo, pero había una mirada primitiva en sus ojos que la dejó sin aliento.

Blake volvió a bajar la cabeza y la buscó. Su boca empezó una lenta exploración de su feminidad. Samantha contuvo el aliento cuando su lengua se deslizó entre sus labios, seduciéndola, llevándola hasta el límite una y otra vez. Cuando finalmente pasó la frontera, cualquier remanente de control se desintegró mientras ella se dejaba llevar por el mayor de los placeres.

Unos instantes más tarde, estaba todavía tratando de recuperarse cuando él se puso de pie y se quitó los pantalones. Samantha observó hipnotizada cómo se enfundaba un preservativo, encantada de tener el poder de excitar tanto a un hombre.

Blake volvió a arrodillarse entre sus piernas y la fue besando hasta que encontró su boca. La besó largamente y de pronto entró a formar parte de ella.

Estaba en ella.

Lo sujetó en su interior, finalmente era un solo ser con Blake Jarrod. Llevaba mucho tiempo esperando ese momento. Era la sensación más maravillosa del mundo.

Blake la besó con más profundidad mientras empezaba a penetrarla con largas embestidas. Samantha empezó a temblar al instante, acercándose al borde una vez más. Las llamas de la chimenea no eran nada comparadas con el fuego que ardía entre ellos.

Samantha permaneció tumbada en los cojines frente a la chimenea y observó cómo Blake se dirigía al cuarto de baño del piso inferior. Se cubrió con la manta del sofá y disfrutó de estar allí tumbada viendo su espalda firme y su trasero masculino.

Sonrió para sus adentros bajo la suave luz de la chimenea. No podía creérselo. Había hecho el amor con Blake. Se sentía en la gloria. Había sido tan generoso, tan cariñoso, tan…

Samantha contuvo las lágrimas repentinas. Su acto amoroso había sido mucho más que sexo. Sabía que para Blake también. Habían hecho el amor.

Entonces lo escuchó volver y contuvo del todo las lágrimas. No quería que Blake pensara que no había sido capaz de manejar la situación.

Blake sonrió de un modo sensual cuando se inclinó para besarla.

–¿Cómo te sientes? –murmuró retirándose y mirándola a los ojos.

Samantha era muy consciente de su desnudez. Podía extender la mano y tocarlo.

–De maravilla.

Blake parecía complacido cuando levantó la manta y se deslizó a su lado, atrayéndola hacia su pecho y besándole la coronilla con cuidado de no hacerle daño en la herida de la cabeza. Samantha se alegró de que no pudiera mirarla a los ojos.

–Quién iba a imaginar que estaríamos tan bien juntos, ¿verdad? –murmuró Blake.

Ella nunca lo había dudado.

–Trabajamos muy bien juntos, así que, ¿por qué no nos iba a ir bien en la cama?

Después de eso permanecieron en silencio. El fuego crepitó y el reloj de la pared marcaba los segundos. Samantha empezó a sentir sueño. No había otro lugar en el mundo en el que preferiría estar mientras se le cerraban los párpados y escuchaba el tictac. Tictac, tic-lo amaba-tac.

Asombrada, dio un respingo. Dios Santo, lo amaba.

–¿Qué ocurre?

El pánico se apoderó de ella. Durante un instante perdió el habla, pero finalmente consiguió recobrarse.

–¿Qué? Oh, no es nada. Creo que me he quedado dormida demasiado deprisa.

–No te preocupes. No hay posibilidad de que vuelva a ocurrir otra vez –le deslizó un dedo bajo la barbilla e inclinó la cabeza para tomarle la boca con la suya.

Samantha cerró al instante los ojos para ocultar su más profundo secreto. Había traicionado a Blake al enamorarse de él. Y se había traicionado a sí misma. Nunca había sido su intención que ocurriera algo así. Entonces Blake la besó y el delicioso proceso de hacerle el amor comenzó de nuevo. Rezó a Dios para que le diera la fuerza suficiente para no revelar el amor que sentía por aquel hombre. No podía permitirse mostrar sus sentimientos o todo terminaría antes de que hubiera empezado. Desear a Blake había sido suficientemente duro.

Amarlo iba a resultarle intolerable.

Capítulo Ocho

Blake le hizo el amor muchas veces durante la noche, tanto en el piso inferior como en la cama. Samantha no había sido nunca tan feliz, pero cuando a la mañana siguiente regresó a su propia habitación para vestirse para el trabajo, miles de preocupaciones le rondaban por la cabeza.

Amaba a Blake y eso planteaba muchos problemas. Le había prometido virtualmente que no se enamoraría de él. Pero no había cumplido su promesa. Y ahora tenía que sobrevivir hasta que se marchara para siempre. Tenía que ser fuerte, más que nunca ahora que tenía que marcharse a final de mes, cuando terminara su contrato. No podía quedarse permanentemente allí.

Blake había sido lo suficientemente valiente como para admitir que no podía manejar una relación sentimental y ella lo creía. Si descubría que lo amaba, se quedaría horrorizado. Seguramente la metería en el siguiente avión antes de que pudiera pestañear. Y aunque no lo hiciera, no podía arriesgarse a darle semejante poder sobre ella. Pero, ¿se atrevería Blake a manipularla? Después de todo, era el hombre al que amaba.

Un hombre de honor. Su corazón recordó su generosa manera de hacerle el amor. Pero su cabeza recordó al hombre de negocios implacable.

Hacer el amor con una mujer cambiaba sin duda las cosas, pensó Blake mientras veía a Samantha desayunar en el restaurante del hotel. Se había sentado frente a ella, igual que en tantas ocasiones durante los últimos dos años, pero siempre había sido una cuestión de trabajo. Ahora en lo único en que podía pensar era en volver a estar dentro de ella.

Samantha había sido muy generosa la noche anterior cuando finalmente se hundió en su suavidad. Había estado a punto de alcanzar el orgasmo al instante. Lo único que le había hecho contenerse era el deseo de satisfacerla más. Eso nunca le había sucedido con anterioridad. Siempre se aseguraba de que su compañera estuviera satisfecha antes de gozar él, pero esa vez el placer de Samantha había sido el suyo.

–Dime algo, Blake –dijo ella interrumpiendo sus pensamientos mientras untaba una tostada con mantequilla–. ¿Le dijiste anoche a Andy que encendiera unas velas para la cena?

–Lo siento, pero no. No tenía pensado seducirte. Al menos hasta estar seguro de que podrías manejar bien ser mi amante –sonrió–. Pero esta noche te encenderé algunas velas.

–Me acabo de dar cuenta de algo. Eres un romántico, Blake Jarrod.

–A veces. Pero no te hagas la idea equivocada de que soy un blando.

Ella asintió.

–Lo pillo. Duro en los negocios. Bueno en la cama.

Blake se rió.

–Me gusta la frase.

–Se me había olvidado decírtelo –dijo entonces ella–, pero quiero darte las gracias por haber cuidado tan bien de mí la otra noche.

–Oh, creo que sí me has dado las gracias –le aseguró él con picardía–. Y puedes volver a dármelas más tarde.

–¡Blake! –susurró Samantha.

Pero él se dio cuenta de que estaba disfrutando del juego.

Una figura apareció junto a su mesa.

–Estás aquí, Sam –dijo Joel sonriéndoles a los dos–. Me alegro de verte. ¿Cómo te encuentras esta mañana? ¿Qué tal la cabeza?

–Muy bien, Joel. Ningún efecto secundario –le aseguró al médico.

–De acuerdo. Pero espero que te lo estés tomando con calma.

Samantha miró a Blake y luego hacia el otro hombre.

–Sí –se le habían calentado un poco las mejillas y eso pareció apaciguar a Blake.

–Bien, entonces, ¿qué te parece si vamos al cine esta noche?

Samantha volvió a mirar a Blake.

–Lo siento, Joel, pero no puedo.

–Entonces, ¿mañana por la noche?

Blake se mordió la lengua. Quería reclamar la posesión de Samantha y decirle al otro hombre que se largara, pero primero le dio a ella la oportunidad de hacerlo.

–Eh… creo que no, Joel –se revolvió incómoda en la silla–. Voy a volver a Las Vegas en menos de dos semanas y luego regresaré a Pasadena para siempre. Así que ya ves, tengo mucho que hacer. Hasta entonces tengo que trabajar a tiempo completo para Blake.

–¿Te marchas? –dijo el otro hombre con asombro–. No me lo puedo creer.

Samantha se sintió un tanto incómoda.

–Sí, lo sé. Siento no habértelo dicho, pero era algo que no tenía ultimado hasta ahora.

Joel asintió brevemente.

–Lo comprendo. Tal vez podamos vernos en Pasadena en algún momento más adelante. Pero tenemos que tomarnos al menos un café antes de que te vayas.

Ella le dirigió una sonrisa.

–Eso sería estupendo.

Blake apenas fue consciente de que el otro hombre se alejaba de la mesa. Sólo tenía ojos para ella.

–Samantha –gruñó–, ¿qué diablos está pasando?

Ella lo miró con aire de culpabilidad.

–No quería que supiera la verdad. Nuestra aventura es cosa nuestra y de nadie más.

Blake sintió una oleada de ira.

–No estoy hablando de nuestra aventura y lo sabes.

–Estás hablando de que todavía siga pensando en marcharme –Samantha alzó la barbilla–. Lo siento, Blake. ¿Creías que cambiaría de opinión?

–Sí, la verdad es que sí –había esperado que ahora se quedara, no porque él la obligara sino porque quisiera hacerlo.

Y qué diablos, no parecía entender que había hecho una gran concesión al no seducirla en el baño el día anterior por la mañana. Ahora sentía como si le hubiera abofeteado la cara. Él había dado, ella había recibido y ahora no estaba entregando nada a cambio.

–Pero, ¿por qué, Blake? Que hayamos hecho el amor no cambia nada. Los dos decidimos que sería algo físico y nada más. Nada de compromiso, ¿recuerdas?

Maldita fuera. Tenía razón. Pero Blake sentía que algo había cambiado aunque no supiera decir qué. Sólo quería que se quedara y disfrutaran de lo suyo un poco más.

Samantha le dirigió una mirada inesperadamente cándida.

–Blake, me preguntaste si podría manejar una relación sexual y te dije que sí. Me da la sensación de que eres tú quien no puede.

Él apretó los labios.

–Sí puedo.

–Blake –dijo una voz masculina.

Él supo al instante quién era y se puso tenso.

Maldición. Su hermano gemelo era la última persona del mundo a la que quería ver. Guy siempre lo había comprendido, a veces más incluso que sí mismo, pero ahora no era el momento de poner eso a prueba.

Se puso de pie, se dio la vuelta y se dirigió hacia el ascensor privado.

–Tendrá que esperar hasta más tarde, Guy –murmuró pasando por delante de su hermano.

A Guy le fallaron los pasos al acercarse a la mesa. Entonces miró a Samantha divertido.

–¿Es por algo que he dicho? –preguntó con su naturalidad habitual.

Samantha no fue capaz de sonreír.

–Tiene muchas cosas en la cabeza.

–Sí, lo sé –le lanzó una mirada penetrante que le recordó a Blake–. He oído que te vas.

Ella asintió, todavía sorprendida de que la noticia hubiera corrido tan rápidamente entre la familia, y más sorprendida todavía de que les diera pena que se fuera.

–Me alegro de haberte visto –dijo Guy devolviéndola al presente–. A Avery y a mí nos gustaría cenar contigo antes de que te fueras.

Ella se las arregló para sonreír débilmente.

–Eso estaría muy bien.

–Y con Blake también, por supuesto. Te echará de menos cuando te vayas.

–Le encontraré una excelente sustituta.

–No será lo mismo.

Samantha sintió un nudo en la garganta.

–Lo superará –se puso de pie–. Tendrás que

perdonarme, Guy. Tengo que ponerme a trabajar. Hay mucho que hacer.

Guy dio un paso atrás y la dejó pasar, pero ella sintió que la miraba con el ceño fruncido mientras cruzaba el comedor. Por suerte, tuvo unos minutos a solas mientras el ascensor la subía hasta el piso superior.

Si Blake quisiera que se quedara porque la amaba, entonces sería perfecto. Pero para él sólo se trataba de dos cosas: trabajo y sexo. No había amor. Samantha suspiró. Estaría loca si pensara que querría comprometerse. Y ella tampoco quería eso antes, entonces, ¿por qué diablos lo consideraba ahora?

Por suerte, la puerta de Blake estaba cerrada cuando entró en el despacho y se sentó al escritorio. El teléfono empezó a sonar y uno de los miembros del personal del hotel que tenía una reunión con Blake entró en el despacho. Samantha se puso manos a la obra con profesionalidad poniendo la llamada en espera y diciéndole a Blake por el intercomunicador que su primera cita del día estaba allí. Como él le pidió, hizo pasar al miembro del personal mientras mantenía una expresión neutral al mirar a su jefe. Él parecía igual de desinteresado en ella, pero Samantha sabía que no era así.

A media mañana, mientras Blake seguía ocupado en una reunión de personal en la sala de juntas, Samantha descolgó el teléfono e hizo lo que tenía que hacer. Llamó a Mary Wentworth y habló con ella sobre la sustitución. A la otra mujer le sorprendió saber que se iba, pero se mostró dispuesta a ayudar. Mary prometió que le enviaría los currículums de algunas candidatas en las próximas horas.

Blake regresó de la reunión, le preguntó con formalidad si había algún mensaje y luego se dirigió de nuevo a su despacho. A Samantha se le cayó el alma a los pies ante su frialdad, pero no había nada que pudiera hacer al respecto. Tenía que marcharse.

A la hora de comer encargó unos sándwiches a la cocina y Blake dejó claro que prefería comer solo en su escritorio cerrando la puerta que los separaba. Normalmente comían juntos y hablaban de trabajo, o comían cada uno en su mesa con la puerta abierta.

Pero esa vez no.

A Samantha le parecía bien, se dijo sintiéndose cada vez más molesta. Necesitaba un filtro para contener las olas de ira que salían del despacho de Blake. Para despejarse la cabeza, se fue a dar un paseo al aire libre.

Blake no le preguntó adónde había ido cuando regresó, y ella tampoco se lo contó.

A media tarde, Samantha ya estaba harta de su actitud. La había reprendido cuando le pasó una llamada a la que no quería contestar. Había encontrado fallos en una carta que había escrito para que él la firmara. Y le había dicho que comprobara los números de un informe que sabía que estaban bien.

Cuando le devolvió el informe, le puso otra carpeta encima.

Blake levantó la cabeza.

–¿Qué es esto?

–Currículums. Todos vienen muy recomendados.

Él apretó los labios.

–No te he pedido que hicieras esto.

Samantha alzó la barbilla.

–Me pagas para hacer esto.

–Te pago para que hagas lo que te pido que hagas.

Ella se quedó boquiabierta y luego se puso rígida.

–Eso es injusto. No te importa que tome la iniciativa con otros aspectos del trabajo. Por eso soy tan buena ayudante y tú lo sabes.

–Estamos hablando de justicia, ¿no? Tú eres la que va a dejarme. ¿Eso te parece justo?

–No te dejo a ti, Blake –mintió–. Además, no hay que tomárselo como algo personal, ¿recuerdas? Eso fue lo que me dijiste cuando me recordaste mis obligaciones contractuales.

Blake murmuró algo entre dientes, pero para Samantha ya había caído la gota que colmaba el vaso.

–No puedo seguir en estas condiciones, Blake. Si no me tratas bien, recogeré mis cosas y me marcharé esta misma noche. Y no me importa si me llevas a los tribunales por incumplimiento de contrato –vaciló un instante antes de continuar–. Creo que puedo justificar sobradamente mi partida, teniendo en cuenta el giro personal que ha dado nuestra relación.

Se hizo un largo silencio. Los ojos de Blake se clavaron en los suyos.

–¿Llegarías tan lejos?

Ella asintió con brevedad.

–Si me obligas, lo haré. No lo dudes.

Blake le sostuvo la mirada con los ojos entornados. Y de pronto un brillo de admiración apareció en ellos.

–Muy bien –dijo con dulzura, sobresaltándola–. Eres una dama valiente. Siempre supe que sabrías mantenerte firme en tu puesto de trabajo, pero nunca pensé que vería el día en que lo utilizaras contra mí.

Samantha se relajó un tanto.

–Entonces, ¿las cosas volverán a la normalidad? –preguntó con cautela.

–No.

A ella se le cayó el alma a los pies.

–Las cosas no volverán a ser nunca normales entre nosotros después de anoche –Blake aspiró con fuerza el aire, como si estuviera tomándose un momento antes de tomar una decisión–. No quiero que te marches, pero no quiero retenerte aquí en contra de tu voluntad. Si quieres marcharte, entonces tendré que aceptarlo.

No era lo que ella quería hacer. Era lo que debía hacer.

–Gracias, Blake.

–Pero al menos quédate hasta que expire tu contrato –esperó un instante–. No te lo pido por el trabajo ni por el sexo. Te lo pido por mí.

Samantha contuvo el aliento. Aquello era lo

máximo a lo que podía esperar, y no estaba dispuesta a discutir al respecto.

–De acuerdo, me quedaré hasta que se acabe mi contrato –dijo, y lo vio exhalar un suspiro que la conmovió.

Blake deseaba realmente que se quedara para poder estar con ella. Claramente satisfecho, se reclinó en la silla y la miró con intensidad.

–Ve a cerrar la puerta.

Un escalofrío le recorrió la espina dorsal.

–Blake, no puedo… no…

–Sí puedes –sus ojos se volvieron de un azul más profundo–. Necesito urgentemente hacerte el amor, Samantha.

Ella ladeó la cabeza. Oh, ella también lo deseaba. Miró hacia la puerta.

–Pero los demás…

–Pensarán que no queremos que nos molesten –sonrió con picardía–. Y tienen razón –esperó un instante–. Siempre puedes correr a meterte en mi baño si alguien aparece.

Samantha fue a cerrar la pesada puerta de madera, pero asomó la cabeza hacia su despacho para asegurarse de que no había nadie allí.

–No puedo creer que vaya a hacer esto –murmuró girando la llave.

–No lo pienses –Blake parecía divertido, y Samantha decidió que si la deseaba, entonces la tendría.

Y ella le borraría aquella expresión divertida del rostro.

Deslizó las manos hacia los botones de su blusa de manga larga y empezó a desabrochárselos mientras se acercaba a él sobre la mullida alfombra. Blake alzó una de sus oscuras cejas.

–¿Me está seduciendo, señorita Thompson?

–Creo que sí.

Blake sonrió, ella sonrió y a él se le borró la sonrisa cuando terminó de desabrocharse la blusa, dejándola abierta sobre el sujetador negro. Samantha llegó al borde del escritorio.

–¿Quieres más?

–Oh, sí.

–Tú eres el jefe.

Le temblaban un poco las manos cuando se bajó la cremallera de los pantalones, dejándolos caer al suelo junto con las braguitas. Escuchó un sonido rasposo que surgió de la garganta de Blake y distinguió en sus ojos un brillo especial.

Satisfecha con su reacción, satisfecha de que su divertimento se hubiera convertido en deseo, se subió a su regazo a horcajadas. La blusa le cubría el sujetador, pero sólo en parte.

Después de eso, la pasión borró cualquier pensamiento racional y el aire se llenó de sonidos sensuales.

Capítulo Nueve

Volvieron a cenar juntos en Pine Lodge y aquella noche hicieron el amor otra vez, y cuando Samantha se despertó a la mañana siguiente se quedó tumbada pensando. Los recuerdos del tiempo que habían estado juntos serían lo único que se llevaría consigo. Su corazón se quedaría con Blake.

Él se despertó y le hizo el amor suavemente otra vez. Después adquirió una expresión brillante y ambos se dispusieron a trabajar como de costumbre, sin mostrar ante los demás ningún signo de que eran amantes. No habían hablado de ello, pero Samantha se alegraba. La familia de Blake parecía haber adquirido un interés especial en ellos y no quería que nadie sospechara que lo amaba.

Más tarde aquella mañana, Samantha salió del despacho y se dirigió a la cocina del hotel en busca de un poco de leche fresca para sus cafés. Podría haber llamado para pedirlo, pero necesitaba estirar las piernas.

En el pasillo se encontró con Erica. Charlaron un instante, pero Samantha se dio cuenta de que la otra mujer estaba preocupada.

–Erica, ¿ocurre algo?

Ella arrugó la nariz.

–Desgraciadamente, sí. He estado preparando una fiesta sorpresa para un hombre que vive en la ciudad. Es por el cuarenta cumpleaños de su mujer, y ella cree que van a venir aquí a cenar –chasqueó la lengua–. Llevo semanas trabajando en esto.

–¿Y cuál es el problema?

–Tenemos un DJ para la noche, pero el marido pidió que alguien tocara el piano de fondo mientras cenaban, y ahora el pianista ha caído enfermo –Erica arrugó la frente–. El DJ podría pinchar algo de música romántica como alternativa, pero no quiero desilusionar al marido. Dijo que a su mujer le encanta el piano y quiere regalarle la mejor de las veladas. Confiaba en poder encontrar a alguien en la ciudad, pero seguramente ya sea demasiado tarde.

Mientras la escuchaba hablar, el corazón de Samantha había empezado a latir con una mezcla de emoción y de pánico.

–No te lo vas a creer, pero puedo ayudarte.

A Erica se le iluminaron los ojos.

–¿Puedes? ¿Conoces a alguien que sepa tocar el piano?

–Sí –Samantha no podía creer que estuviera diciendo esto–. Yo.

Erica parpadeó varias veces.

–¿Tú tocas el piano? ¿Estás segura?

Samantha se rió.

–Llévame hasta el piano y te lo demostraré. Pero no esperes que suene perfecto. Tengo que decirte que estoy un poco oxidada.

Erica sonrió de oreja a oreja.

–Sígueme.

Unos minutos más tarde, Samantha calentó un poco y empezó a tocar un popurrí de melodías populares. Tenía los dedos un poco agarrotados porque no había tocado desde que estuvo en Pasadena las pasadas Navidades. Pero enseguida empezó a disfrutar, y a disfrutar de la expresión del rostro de Erica.

–¡Es maravilloso! –murmuró Erica cuando la música terminó.

Samantha sonrió aliviada al comprobar que no había perdido el toque ni había hecho el ridículo.

–Gracias, pero no es nada especial.

Erica negó con la cabeza.

–No, eres muy buena –aseguró–. No sabía que tuviéramos una artista alojada en el complejo.

Samantha se rió.

–Agradécele a mi madre que me obligara a dar clases de piano de niña.

–Oh, se lo agradezco. Toca un poco más, Samantha –de pronto Erica abrió los ojos de par en par y se rió–. Oh, Dios mío, no puedo creer que vaya a decir esto, pero: «tócala otra vez, Sam».

Samantha soltó una carcajada. Sabía que necesitaba práctica, así que se sintió cada vez más segura de sí misma a medida que tocaba las teclas.

Después hablaron durante cinco minutos y luego Samantha siguió su camino para buscar la leche. Blake tenía una comida de negocios en la ciudad y ya se había marchado cuando ella volvió al despacho, así que no pudo contárselo hasta última hora de la tarde.

Blake se reclinó en la silla.

—¿Tocas el piano?

Una sonrisa irónica se asomó a los labios de Samantha.

—¿Por qué es tan raro de creer?

—No lo sé —Blake sacudió la cabeza como si no hubiera oído bien—. A ver si lo entiendo: ¿vas a tocar el piano esta noche en una fiesta aquí en el complejo?

Samantha se encogió de hombros.

—Es sólo música de fondo durante una cena —pero no estaba tan calmada por dentro, y hablar de ello hacía que se pusiera nerviosa.

—¿Por qué no me habías contado que tocabas el piano? —preguntó Blake ladeando la cabeza.

—No era una exigencia laboral —bromeó ella para calmar la ansiedad—. Y por cierto, ¿te importa si salgo un poco antes hoy? Tengo que prepararme y me gustaría tener un poco de tiempo para mí.

—Eres libre para salir antes —concedió él deslizando la mirada por su boca—. Pero antes de que te vayas, creo que hay una de tus exigencias laborales que necesito comprobar.

Ella sabía a qué se refería. El corazón le latió a toda prisa por la emoción.

—Blake, no podemos hacer el amor aquí todas las tardes.

141

–¿Quién dice que no?

–Pero ahora tengo que marcharme –dijo sabiendo que se estaba debilitando.

–Dentro de un momento –murmuró él–. Ven aquí y dame un beso de despedida antes.

Samantha blandió un dedo en su dirección.

–Eso es todo, Blake. Un beso y nada más.

–Confía en mí.

Avanzó hacia él.

–De acuerdo…

Media hora más tarde salió del despacho como una mujer satisfecha, divertida ante la facilidad con la que había caído ante su truco. Aunque no podía culpar del todo a su jefe. Ella también había querido caer.

–Señora, es usted demasiado peligrosa para dejarla sola con los huéspedes masculinos –dijo Blake al ver entrar a Samantha con sus altos tacones.

Se había puesto una chaqueta bordada sobre los pantalones negros de noche y se había rizado los mechones castaños, que le rodeaban el angelical rostro.

–¿Crees que tengo buen aspecto?

–Más que bueno. Los vas a dejar muertos –Blake se acercó para atraerla hacia sí, pero ella se lo impidió poniéndole una mano en el pecho.

–¡Espera! Me vas a estropear la pintura de los labios.

Blake se estaba divirtiendo.

–Me gustaría estropearte algo más que la pintura de los labios, guapa.

Los ojos azules de Samantha le sonrieron.

–Eso ya lo has hecho esta tarde, ¿te acuerdas?

–Me acuerdo –todavía ahora sentía cómo se le despertaba el deseo, así que se apartó de la tentación–. Vamos, te llevaré al hotel.

–Puedo llamar al chófer.

–No pasa nada. Quiero echarle un vistazo a los documentos del nuevo bungaló que me trajo Gavin. Será una buena oportunidad para estudiarlos sin que suenen los teléfonos.

Era una excusa, pero estaba tan guapa que quería asegurarse de que llegara sana y salva.

Diez minutos más tarde se dirigían por el pasillo rumbo a la sala de baile, pero un instante después ella se detuvo de pronto.

–Blake, por favor, no entres conmigo. Harás que me ponga todavía más nerviosa.

–De acuerdo. Estaré en el despacho hasta que estés lista para volver a casa.

–Pero…

Blake se inclinó hacia ella y le depositó un beso en la frente.

–Te esperaré.

Blake alzó la vista y vio a Erica y a Christian dirigiéndose hacia ellos. Estaban todavía un poco lejos, así que los saludó con una inclinación de cabeza y luego se dio la vuelta para tomar el ascensor privado que llevaba a su despacho. No le importaba que hubieran visto el beso.

Lo que le importaba era que supieran que Samantha era su debilidad.

Christian había demostrado su integridad hacía meses, pero también tenía su propio punto débil: Erica. Eso podría volverlo ciego ante cualquier cosa que estuviera planeando su prometida, pensó Blake. Aunque tal vez no estuviera planeando nada, se corrigió, consciente de que su dura actitud hacia su hermanastra se iba suavizando más a cada día que pasaba.

No podía contar con que Erica no lo estuviera engañando a él y también a Christian, aunque cada vez le daba menos la impresión de que ése fuera el caso. Normalmente se le daba bien juzgar a las personas en lo que a los sentimientos se refería. Por desgracia, descubrir que tenía una hermanastra había provocado en él una respuesta emocional. Y eso no le había gustado.

Tampoco le gustaba la respuesta emocional que estaba sintiendo ahora al sentarse en su escritorio y ver la carpeta con los currículums. Era la prueba de que Samantha se iba a ir. La diferencia estaba en dejarla marchar dentro de tres semanas o perderla ahora. No había sido capaz de soportar la idea de la segunda opción.

Ni tampoco estaba preparado para leer aquellos currículums en aquel momento, decidió apartándolos a un lado. Ya se enfrentaría a eso cuando no tuviera más remedio, y no antes.

No estaba seguro de cuánto tiempo estuvo trabajando cuando escuchó la música del piano que subía desde el piso de abajo. Volvió a sentarse y escuchó. Samantha tenía talento, e incluso se atrevió con una pieza de música clásica. Escuchó aplausos cuando terminó con aquélla.

Incapaz de evitarlo, supo que tenía que verla tocar en persona y no escucharla desde lejos. Se levantó del escritorio y bajó las escaleras. Escuchó el sonido de las copas y los cubiertos y el murmullo de voces, pero fue la música lo que lo atrajo cuando se acercó a la sala de baile.

Abrió una de las grandes puertas, se deslizó dentro y se quedó al fondo viendo cómo la gente escuchaba y charlaba en voz baja mientras Samantha interpretaba otra pieza de música clásica.

Ella no lo vio, pero parecía completamente cómoda al piano, concentrada en la música. Sus manos se deslizaban por las teclas. Tenía un aspecto muy femenino y bello. Se sintió tan orgulloso de ella que se le formó un nudo en la garganta.

–Es buena –murmuró una voz femenina.

Blake miró de reojo a la atractiva mujer que se había colocado a su lado. No estaba interesado.

–Sí –dijo mirando otra vez a Samantha.

–Me llamo Clarice –dijo la mujer colocándole una mano con la manicura hecha delante de él.

Habría sido de mala educación no estrechársela, pero seguía sin estar interesado.

–Blake –deseó que la mujer lo dejara solo para poder concentrarse en Samantha.

–¿Conoces a la invitada de honor?

Durante un instante pensó que se refería a Samantha, pero entonces se dio cuenta de que se refería a la dama del cumpleaños.

–La conozco de vista –no tenía ganas de explicarse.

–Yo fui al colegio con Anne. Somos amigas de toda la vida.

–Eso es estupendo –la música terminó en una nota alta y todo el mundo empezó a aplaudir, lo que le dio a Blake la oportunidad de apartarse–. Disculpa –dijo.

Clarice le puso la mano en el brazo para detenerlo.

–¿Te gustaría tomar una copa más tarde?

Lo habían abordado así muchas veces, pero por alguna razón ahora le resultaba desagradable, aunque lo ocultó.

Sólo quería ver a Samantha.

–Lo siento –dijo siendo lo más amable posible para no ofenderla–. Esta noche no –y se marchó.

Se dirigió directamente hacia Samantha, que se había levantado del piano. Se estaba riendo con unas cuantas personas que se habían acercado a hablar con ella. Y cuando Blake se abrió camino a través de las mesas sólo pudo pensar en la forma en que iluminaba la sala.

Entonces ella lo vio.

–Blake –murmuró con sus ojos azules brillando por él.

Él le puso la mano en el hombro.

146

–Creo que la dama necesita una copa –le dijo a la gente sin disculparse mientras se la llevaba de allí.

–¿Qué estás haciendo aquí? –preguntó Samantha cuando la llevó hasta la barra del bar.

–Escuché la música desde arriba. Me llevó hasta ti –hizo una pequeña pausa–. Estoy completamente maravillado contigo –murmuró, complacido al ver que se le sonrojaban las mejillas.

–Gracias –dijo ella con voz ronca.

Durante un instante, sus miradas se quedaron engarzadas.

–Samantha –dijo Erica acercándose a ellos y dándole un beso a la joven en la mejilla–. ¡Has estado maravillosa! –en su emoción, besó también a Blake en la mejilla–. ¿No es maravillosa, Blake?

Durante una décima de segundo se quedó paralizado ante la confianza que se tomaba Erica, pero entonces sintió que le caía todavía mejor. Cualquier que quisiera a Samantha merecía más consideración por su parte.

Por primera vez, sonrió a su hermanastra con cariño.

–Sí, es completamente maravillosa.

Erica parecía algo asombrada con su amabilidad. Pero enseguida recuperó la compostura al hablar con Samantha.

–En cuanto te escuché tocar esta tarde supe que eras buena.

Samantha se rió y los miró a los dos.

–¿Tenéis alguno de los dos oído para la música?

–Sabemos reconocer una buena interpretación de música clásica cuando la oímos –dijo Erica guiñándole un ojo a su hermanastro–. ¿No es así, Blake?

Blake asintió y volvió a mirar a Samantha.

–No podría estar más de acuerdo –aseguró.

Justo entonces, la verdadera invitada de honor y su marido aparecieron para darle las gracias a Samantha por su interpretación. Entonces Anne le pidió a Samantha si podía tocar para ella una pieza especial de música clásica.

Cuando Blake vio cómo Samantha empezaba a tocar de nuevo el piano, se dio cuenta de que aquella mujer podría estar destinada a cosas mejores que a ser su asistente.

No era ningún experto en música, pero sabía cuándo algo sonaba bien. Entonces se dio cuenta de que no tenía derecho a retenerla allí y evitar que viviera lo que podría ser su auténtica vocación.

–Eres increíblemente buena tocando el piano –dijo más tarde cuando estuvieron a solas en Pine Lodge.

Ella lo miró divertida mientras se quitaba el abrigo.

–No empieces con eso otra vez.

Blake frunció el ceño mientras se quitaba su propio abrigo y lo colgaba en la percha.

–No entiendo por qué no seguiste estudiando música. Estoy seguro de que podrías ser una pianista profesional.

Ella alzó los hombros.

–Soy una pianista del montón. Conozco mis limitaciones.

A él lo habían educado para llegar al límite.

–¿No te estarás limitando a ti misma?

Samantha negó con la cabeza.

–No siento pasión por el piano, Blake. Me gusta tocar de vez en cuando, pero eso es todo.

Él sintió cómo le ponía la palma de la mano en el pecho.

–¿Qué te hace sentir pasión? –le preguntó.

–En este momento, tú.

Cuando llegaron al dormitorio estaban ambos desnudos. Después de hacer el amor, Blake la estrechó entre sus brazos para que se durmiera en ellos. Al escuchar su suave respiración, supo que nunca se había sentido tan cómodo después de hacerle el amor a una mujer como en aquel momento.

Y no estaba muy seguro de que la sensación le gustara.

Capítulo Diez

Una de las ventajas de dormir con el jefe era que no tenía que saltar de la cama y salir corriendo al trabajo, pensó Samantha con indolencia tras haberse despertado tarde a la mañana siguiente en brazos de Blake. Él estaba todavía dormido. Entonces se movió un poco e inclinó la cabeza para mirarlo.

–¿Estás despierto? –le preguntó.

Blake abrió los ojos.

–Desde hace un rato.

Aquello la sorprendió. Normalmente, en cuanto se despertaba le hacía el amor.

–¿Ocurre algo?

–No –dijo, pero sintió cómo el pecho se le tensaba debajo de ella.

Vio que tenía una expresión dura. Algo le estaba pasando por la cabeza, aunque no sabía de qué se trataba. La noche anterior, cuando hicieron el amor, estaba bien. Ahora parecía distante.

Sólo se le ocurría que durante la noche hubiera ocurrido algo que lo hubiera entristecido. Por alguna razón se había erigido un muro entre ellos ahora. Entonces recordó que Erica y Christian habían visto cómo la besaba en la frente antes de la fiesta. No había sido un beso apasionado, pero se veía en él algo más que amistad. Así que tal vez a Blake le hubiera molestado que su familia supiera lo suyo. Era lo único que podía haber cambiado a lo largo de la noche.

–Erica y Christian probablemente se hayan dado cuenta de que somos amantes –dijo para probar las aguas.

–Serían unos estúpidos en caso contrario –no lo dijo con rencor.

–¿Te importa? –preguntó Samantha echando la cabeza un poco para atrás.

–¿Por qué iba a importarme?

–Es verdad –Samantha tragó saliva–. Pronto me marcharé, así que da lo mismo, ¿verdad? –dijo tratando de conseguir una reacción de él.

Pero no hubo ninguna.

Descorazonada, Samantha se levantó de la cama y se dirigió a la ducha sintiendo un nudo en la garganta. Les quedaba muy poco tiempo juntos. No quería malgastarlo así.

En cuanto se hubo metido bajo el chorro de agua, Blake abrió la mampara.

–¿Qué te ocurre? –le preguntó frunciendo el ceño.

Ella dio gracias a Dios de que el agua y el vapor ocultaran las lágrimas que estaba a punto de derramar.

–Nada.

Su expresión decía que no se lo creía cuando entró en el cubículo a reunirse con ella. No dijo una palabra cuando los enjabonó a ambos y le hizo el amor con una urgencia que la sobresaltó.

Cuando terminó seguía sin entender nada, pero al menos sabía que Blake todavía la deseaba.

El corazón le dio un vuelco. Aunque eso le resultara halagador, parecía que seguía negándose a aceptar que se marchaba. Si ése era el caso, entonces Blake se estaba poniendo a sí mismo las cosas todavía más difíciles. Ambos tenían que aceptarlo, pensó Samantha, aunque le dolía pensarlo.

Consiguió componer una expresión neutra cuando fueron al hotel a desayunar. Era eso o echarse a llorar, y no podía permitirse el lujo.

Cuando entraron en el vestíbulo, una mujer saltó prácticamente encima de ellos.

−¡Blake Jarrod! −exclamó con tono pícaro−. No me habías dicho que eras el dueño de este hotel −deslizó la mirada hacia Samantha−. Ni que tu ayudante fuera la pianista.

Blake empastó una sonrisa, pero Samantha estaba segura de que la mujer no le caía bien.

−Clarice, ¿verdad? −dijo dejando claro que no estaba interesado−. Ésta es mi ayudante y la pianista −bromeó−. Samantha.

Samantha inclinó la cabeza y la mujer le sonrió con frialdad.

−Soy Clarice Richardson. La señora Clarice Richardson, pero estoy divorciada −deslizó la mirada hacia Blake, ignorando por completo a Samantha−. Me preguntaba si te gustaría tomar esa copa esta noche, Blake.

Él negó con la cabeza.

−Me temo que no puedo. Tengo un compromiso anterior.

–Entonces, ¿qué te parece un café ahora? –dijo la mujer sin rendirse–. Tengo la mañana libre. De hecho, estoy libre todo el día.

–Lo siento, pero tengo trabajo.

Clarice soltó una risita que puso a Samantha de los nervios.

–Pero tú eres el jefe.

–Exactamente por eso más me vale ponerme a trabajar –dijo tomando a Samantha del codo–. Si nos disculpas…

–Oh, por supuesto –dijo Clarice, pero Samantha se dio cuenta de que fruncía los labios irritada.

Entonces se dio cuenta de que Blake la estaba llevando hacia el ascensor en lugar de al comedor.

–¿No íbamos a desayunar?

–Pediremos que nos suban algo.

Ella soltó una carcajada.

–No me digas que tienes miedo de la señora Richardson.

–No, pero no quiero tener que tratar con ella otra vez.

–Es insistente, de eso no cabe duda –a Samantha se le pasó algo por la cabeza cuando entraron en el ascensor–. Entonces, ¿vas a salir esta noche? –no quería sonar exigente como Clarice.

–No, me quedo en casa. Tú eres mi compromiso anterior –le pasó las manos por la cintura y la atrajo hacia sí besándola rápidamente en la boca en cuanto las puertas empezaron a abrirse.

Se encontraron con Erica en cuanto salieron

del ascensor al pasillo. Ella se acercó a toda prisa con una gran sonrisa en la boca.

–Samantha, quería darte las gracias por el fabuloso trabajo que hiciste anoche.

–No hay de qué, Erica –respondió ella sonriendo también–. Me gustó hacerlo.

Erica se la quedó mirando.

–¿Sabes? He recibido una llamada del director de la escuela local de música. Han oído hablar de ti y quieren conocerte –dijo con entusiasmo–. En verano se celebra un enorme festival de música al que acuden casi mil estudiantes llegados de todas partes. Hay conciertos de música sinfónica y de cámara, y...

Samantha tenía que pararla ahí.

–Lo siento, Erica. No serviría de nada. Me marcho muy pronto –sintió cómo Blake se ponía tenso a su lado.

Erica abrió los ojos de par en par.

–Oh, yo creía que...

Blake murmuró algo sobre empezar a trabajar y se marchó.

–Si he dicho algo fuera de lugar, lo siento –dijo Erica.

Samantha trató de sonreír.

–No, no te preocupes –fue tras Blake–. Pero será mejor que me ponga a trabajar.

Blake estaba cerrando la puerta tras él cuando Samantha entró en el despacho. Poco después, la llamó por el intercomunicador para pedirle un café. Cuando se lo llevó parecía estar bien aunque un tanto preocupado, pero pensó que estaba viendo más allá de lo que había. Tenía asuntos de trabajo en los que concentrarse, eso era todo.

Alrededor de las once, Blake abrió la puerta y se acercó a ella torciendo el gesto.

–Estaré con Trevor en su despacho.

Se marchó antes de que ella pudiera decir una palabra. Se puso de pie y fue a vaciar la bandeja de Blake. Había algunas cartas firmadas y… de pronto se dio cuenta de que había estado leyendo los currículums. Se le cayó el alma a los pies. El día anterior esa carpeta estaba sin tocar sobre su mesa, pero ahora debía de estar pensando más allá.

Debería estar contenta de que no se quedara sin ayudante, pero sólo podía sentir tristeza. Y fue todavía peor cuando volvió a su escritorio, abrió la agenda del día siguiente y vio que uno de los puntos era hablar de su sustitución.

Lo último que le faltaba era que Clarice apareciera repentinamente en su despacho quince minutos más tarde.

–Señora Richardson, ¿qué está haciendo aquí? –preguntó cuando la mujer se acercó a su mesa.

Hacía falta una llave de tarjeta para subir al ascensor privado.

–Le dije a uno de los miembros del personal que necesitaba urgentemente ver a la persona encargada. Y así es.

Samantha frunció el ceño. Ya hablaría con el equipo de seguridad más adelante.

–Ésta es una zona privada. No debería estar

usted aquí. Si necesita cualquier cosa, diríjase al mostrador de recepción.

La otra mujer la miró con altanería.

–Preferiría hablar con Blake, señorita…

–Thompson. Blake no está aquí en este momento –dijo tuteándolo deliberadamente–. Pero puedo dejarle un mensaje para cuando regrese. Y ahora, permítame acompañarla al ascensor.

Clarice parecía decepcionada.

–Entonces le dejaré el número de mi habitación –lo apuntó en una de las hojas del cuaderno de notas que había en el escritorio–. Asegúrese de decirle que ha venido Clarice, ¿de acuerdo? –dijo arrancando la hoja y entregándosela.

–Por supuesto.

Clarice se giró pero volvió a darse la vuelta.

–Dígale que tengo que hacerle una proposición –murmuró con voz jadeante.

–De acuerdo –no había nada de qué preocuparse, pero a Samantha le molestaba tener que tratar con otra mujer que se le echaba al cuello.

Había habido muchas a lo largo de los años. Clarice era muy atractiva, pero también lo eran las demás mujeres que perseguían a Blake.

Samantha se quedó en su escritorio esperando a que Blake volviera para comer. Seguía triste porque estuviera buscándole sustituta, y ahora sólo quería pasar más tiempo con él. Pero no regresó hasta después de comer y ella se tomó un breve descanso para almorzar.

–Tienes un plato con sándwiches en tu mesa –dijo cuando volvió.

–He comido con Trevor.

Habría estado bien que se lo dijera, pensó Samantha. Pero Blake era el jefe. Lo siguió hasta el despacho.

–Aquí están tus mensajes. Tienes uno de la señora Richardson. Clarice –aclaró al ver que ponía cara de ignorancia.

Blake dejó escapar un pesado suspiro.

–¿Qué es lo que quiere?

–Que la llames. Ha venido en persona.

Blake torció el gesto.

–¿Cómo ha subido hasta aquí? No debería haber podido hacerlo.

Samantha se lo contó.

–He expresado mi preocupación a recepción. Van a investigarlo.

–Bien –Blake asintió.

–Por cierto, Clarice dejó el número de su habitación para que la llames. Dice que tiene una proposición que hacerte.

–¿Una proposición? –torció el gesto–. Apuesto a que sí.

Samantha agarró el plato de sándwiches y lo puso en la neverita de al lado de su mesa, satisfecha de que Clarice no hubiera conseguido engatusarlo.

Estuvieron en silencio durante las dos horas siguientes , mientras Blake respondía a sus mensajes y ella redactaba algunos informes. Luego él salió con el abrigo en la mano.

–Tengo que ir a una reunión en la ciudad. Me llevará unas cuantas horas –de pronto se acercó a ella y la besó con fuerza–. Te veré más tarde en la cabaña. Podemos salir a cenar si quieres.

Samantha sacudió la cabeza, complacida.

–No, mejor en casa. Traeré algo de la cocina del hotel de camino.

A Blake le brillaron los ojos y tuvo la sospecha de que había captado la mención de las palabras «en casa».

–De acuerdo –se marchó.

Poco después, Samantha decidió bajar a la cocina para ver lo de la cena. Se llevó el plato de sándwiches del escritorio para que lo aprovechara alguien en lugar de tirarlo a la basura.

Estaba cruzando el vestíbulo en dirección a recepción cuando miró hacia el bar por el rabillo del ojo. El corazón le dio un vuelco. Blake y Clarice estaban allí sentados tomando una copa. Estaban centrados el uno en el otro, aunque se dio cuenta de que ella se inclinaba hacia él al hablar mostrándole el escote.

Así que una reunión en la ciudad, pensó Samantha sin saber qué estaba haciendo mientras se daba la vuelta y volvía a la oficina, dándose tiempo para asimilar lo que había visto. Tenía que verlo con perspectiva.

De acuerdo, probablemente no tenía ninguna importancia, pero no le gustaba que Blake le dijera una cosa y luego hiciera otra. Además, ¿no iba a despertar las esperanzas de Clarice sentándose a tomar una copa con ella? Aunque era un hombre libre, y cuando ella se marchara a Aspen se quedaría solo. La otra mujer sin duda era muy bella.

Samantha tiró los sándwiches a la basura, no podía soportar la idea de volver a bajar. Llamó a la cocina y encargó dos cenas, aunque no estaba segura de que fuera a tener hambre.

Blake parecía perdido en sus pensamientos cuando volvió al refugio aquella noche, así que Samantha no mencionó el asunto directamente. Además, tampoco quería parecer una esposa celosa.

Se las arregló para esperar hasta que hubieron terminado de cenar antes de decir con naturalidad:

—Por cierto, Blake, la próxima vez que tengas pensado tomar una copa con la señora Richardson, no lo hagas en el bar.

Él entornó los ojos.

—¿Qué quiere decir eso? —preguntó con frialdad sin asomo de culpabilidad.

—Te he visto con ella —aseguró Samantha manteniendo el tono neutro.

—¿Y? —Blake frunció el ceño.

Ella alzó un hombro.

—Me pareció extraño que no estuvieras «libre» para pasar tiempo con ella, y sin embargo ahí estabas.

Una expresión de satisfacción masculina le cruzó por el rostro.

—Pareces celosa.

Ella trató de no sonrojarse.

—No está en mi naturaleza ser celosa —mintió al instante.

Él la miró con más fijeza.

–Entonces, ¿no te importa que salga con otras mujeres?

–Mientras esté aquí en Aspen, sí me importa –aseguró observando cómo se le tensaba la mandíbula–. Creo que las personas deberían mostrar un respeto por su amante, ¿y tú?

Hubo una breve pausa antes de que asintiera brevemente.

–Estoy totalmente de acuerdo. Los amantes deben ser sinceros el uno con el otro –apartó la vista y le dio un sorbo a su copa de vino–. En cualquier caso, no tienes por qué preocuparte de Clarice. Me abordó cuando me dirigía hacia mi reunión en la ciudad, y tuve que escucharla. La proposición que quería hacerme es laboral. Posee una cadena de boutiques de lujo y quería saber si podía montar una aquí en Jarrod Ridge.

Samantha digirió la información. Ahora se sentía una estúpida por haberse precipitado en sus conclusiones respecto a Clarice.

–Es un asunto puramente profesional –le aseguró Blake–. Voy a hablar con la familia al respecto en la reunión de mañana por la mañana.

El corazón se le encogió al pensar en otro de los temas de la reunión del día siguiente: los currículums para reemplazarla. Trató de no pensar en ello y se concentró en lo que implicaba la propuesta de la otra mujer.

–Clarice pasará entonces mucho tiempo aquí en Aspen –y ella no estaría allí. Clarice tendría el campo libre con Blake.

Blake frunció el ceño.

–No estoy seguro. Supongo que mientras se monta irá y vendrá desde Los Ángeles –sus ojos se clavaron en los suyos–. ¿Por qué?

–Por nada en particular –se apresuró a decir–. Estaba pensando en voz alta –forzó una sonrisa–. Y por supuesto, yo no voy a estar aquí de todas formas, así que no me concierne.

Los ojos de Blake se volvieron en cierto modo hostiles.

–Así es. ¿Qué te importa a ti?

–Exacto –reconoció sintiendo que se le rompía el corazón y poniéndose de pie–. Iré a buscar el postre.

Salió de la habitación a toda prisa, consciente de que Blake todavía no entendía por qué tenía que marcharse. Y le agradeció a Dios que así fuera. La consolaba que no tuviera ni idea de que lo amaba.

Por desgracia, el maravilloso postre de chocolate de la nevera no suavizó su dolor interno. Y dudaba que nada lo consiguiera.

–… Y ahora que el festival anual de vino y gastronomía está completamente resuelto para este año –dijo Blake a la mañana siguiente mirando a sus hermanos sentados a la mesa de juntas–, vayamos al siguiente asunto del día. Gavin, ¿puedes ponernos al día sobre el proyecto del bungaló?

Blake ya conocía los detalles del proyecto, así que su mente se concentró en Samantha. La noche anterior durante la cena le había gustado que sintiera celos de Clarice. Nunca antes había deseado que ninguna mujer tuviera celos por él. Samantha le había quitado importancia al instante, pero pareció sacar deliberadamente el hecho de que se iba a ir pronto para molestarlo. Él había contraatacado adoptando una actitud despreocupada. El único problema era que sí le importaba. Samantha no parecía darse cuenta de lo mucho que la iba a echar de menos. Si lo supiera, ¿se marcharía de todos modos? Ya le había dejado claro que no quería que se fuera. Diablos, ella debería estar allí a su lado ahora mismo tomando notas. Pero le había pedido expresamente que no acudiera a la reunión hoy. Porque ella estaba en el orden del día.

—Blake, ya he terminado —le escuchó decir a Gavin.

Blake parpadeó y vio que los demás lo estaban mirando fijamente. Tenía que volver a concentrarse en los negocios.

—De acuerdo. El siguiente tema es principalmente para ti, Trevor. Una de nuestras huéspedes adineradas me ha propuesto que abramos una boutique aquí en el hotel —se explayó en la explicación.

Trevor asintió mientras escuchaba.

—Suena bien. Podríamos estudiar si…

Llamaron a la puerta.

Samantha entró en la sala con expresión de disculpa.

—Siento interrumpir, pero la asistente de Tre-

162

vor me ha pedido que le dé un mensaje –se acercó a Trevor y le entregó una nota de papel–. Me he encontrado con Diana abajo –le dijo directamente a él–. Iba a subir, así que le dije que yo te lo daría para evitarle el viaje –sonrió a todos y se dio la vuelta para salir de la sala.

Blake la miró marcharse con un suave balanceo de caderas que enfatizaba sus curvas, pero en cuanto Samantha cerró la puerta, escuchó a Trevor maldecir entre dientes.

–¿Qué ocurre? –Guy fue el primero en preguntar.

Trevor miró la nota y sacudió la cabeza.

–No lo sé. Se trata de una mujer llamada Haylie Smith. Dejó un mensaje el otro día diciendo que tenía que hablar urgentemente conmigo, pero que se trata de un asunto privado que no quiere hablar con nadie más. Nunca había oído hablar de ella.

–Tal vez le gustes –se mofó Gavin.

Trevor miró a su hermano enfadado.

–Tal vez deberías llamarla –sugirió Melissa.

Trevor negó con la cabeza.

–No, si fuera tan importante debería dejar un mensaje diciendo de qué se trata –torció el gesto–. Le diré a Diana que en el futuro no interrumpa mis reuniones.

–Tal vez deberías grabar los mensajes de tu teléfono –dijo Christian, que era abogado.

Erica miró a su prometido.

–Cariño, la mujer sólo ha dejado dos mensajes. No es razón suficiente para acusarla de acoso.

–Eh, ¿podemos concentrarnos? –intervino Blake con firmeza–. Tenemos otros asuntos que tratar.

Trevor asintió.

–Sí, por supuesto –arrugó la frente–. ¿Por dónde iba? Bien, creo que podemos firmar un contrato a corto plazo con esa señora Richardson y ver cómo funciona.

Blake asintió.

–Buena idea. Tal vez quieras comprobar su situación financiera antes de que sigamos adelante.

–Claro.

Blake se giró hacia Melissa.

–¿Qué tal va el spa?

Su hermana expuso un breve informe.

–Y ahora tenemos que hablar de la inminente temporada de esquí –Blake miró a su hermanastra–. Erica, creo que ibas a preparar un informe sobre cómo van las reservas para Navidad y la contratación de personal.

Erica inclinó la cabeza con expresión profesional.

–Sí, Así es. He preparado una presentación, así que si queréis mirar a la pantalla...

Blake miró a la pantalla, impresionado al instante por la atención que Erica ponía en los detalles, y no pudo evitar mirar de reojo a Christian, que estaba sentado a su derecha en la mesa. El hombre miraba a Erica con orgullo y admiración. Pero Blake vio algo en sus facciones que le recordaba a cómo se sentía él cuando miraba a Samantha.

Samantha.

Algo se revolvió dentro de él. En menos de diez días ella volvería a Las Vegas para dejarlo todo resuelto. Y luego, en otras dos semanas, saldría de su vida para siempre. Tragó saliva. No había nada bueno en que se fuera, decidió mientras bajaba la vista hacia los papeles que tenía delante para que los demás no supieran lo que estaba pensando.

El siguiente punto del día saltó ante sus ojos.

El reemplazo de Samantha.

Maldición, tenía que hacerlo. Había llegado el momento de poner sobre la mesa una lista de candidatas adecuadas a ocupar su posición. Era justo que tuviera a su familia al día. Después de todo, la nueva asistente trabajaría principalmente allí, y él quería que todo el mundo…

Justo entonces volvieron a llamar a la puerta y Samantha asomó la cabeza antes de entrar.

–Lo siento, Blake, pero tienes un mensaje urgente de la señora Richardson. Quiere que la llames en cuanto puedas. Es algo relacionado con la boutique.

Allí estaba la mujer que iba a abandonarlo. La mujer que podía alejarse con tanta facilidad de lo que habían compartido. El resentimiento se le subió a la garganta. Él estaba pasándolo fatal por ella, y ella estaba allí tan compuesta y educada.

Y tan guapa.

–Estoy seguro de que lo que tenga que decir la señora Richardson puede esperar. Por favor, recoge los mensajes que lleguen hasta que terminemos la reunión –la despidió con tono áspero.

Samantha dio un respingo pero estiró los hombros antes de darse la vuelta.

–Por supuesto, señor Jarrod –dijo con tono neutro saliendo de la sala con callada dignidad.

La puerta se cerró tras ella y todos los ojos se volvieron hacia él.

–No creo que hubiera necesidad de eso, Blake –dijo Guy con voz pausada.

Blake se sentía mal. Si Samantha no hubiera entrado en aquel momento, no la habría atacado verbalmente. Había sido una reacción al hecho de que se marchara, no una reacción contra ella.

Los miró. Todos lo miraban con ojos de reproche, y Blake apretó los labios.

–Lo sé, lo sé. Ya me disculparé más tarde –dejó a un lado sus pensamientos–. Hablando de Samantha, como sabéis, se marcha. Estoy buscando una sustituta.

Guy arqueó una ceja.

–¿Puede alguien reemplazarla?

–Guy –gruñó Blake.

–Blake –intervino Melissa–. ¿No crees que…?

–No, Melissa –dijo con firmeza, consciente de lo que iba a decir–. Escuchadme todos: éste es un asunto privado entre Samantha y yo. No es asunto vuestro. Y ahora, hablemos de encontrar una nueva asistente para que podamos poner fin a esta reunión.

La tensión se palpaba en el aire, pero Blake la ignoró. No le debía a nadie ninguna explicación. Además, ¿qué explicación había?

Samantha quería irse. Samantha se iba. Y él se odiaba sí mismo por haberla avergonzado justo en ese momento.

–Lo siento, Samantha.

Ella lo había oído entrar en el despacho pero lo había ignorado. Ahora levantó la cabeza y se encontró con Blake delante del escritorio. La rabia y el dolor pugnaban en su interior. Tenía que mantenerse ocupada.

Se puso de pie y fue a guardar unos papeles en el archivo.

–Ahora me alegro de marcharme.

–No seas así.

Ella se giró.

–¿Así cómo, Blake?

–Mira, sé que te he avergonzado delante de la familia. No tendría que haberlo hecho. Lo siento mucho.

Samantha alzó la barbilla.

–Yo sólo estaba haciendo mi trabajo. No soy una novata en esto. La mujer dijo que era urgente, y al saber que su propuesta estaba en el orden del día de la reunión, di por hecho que querrías saber qué pasaba.

–Lo sé. Y tienes razón. Hiciste lo correcto –afirmó con sinceridad–. Tal vez no lo creas, pero la razón por la que te ataqué fue porque tenía que sacar el tema de tu sustitución. No quiero una sustituta. Te quiero a ti.

A Samantha le dio un vuelco al corazón y sintió que se ablandaba. No dudaba de él. Cuando Blake decía algo, era sincero. No la estaba manipulando. ¿Por qué pelearse con él cuando les quedaba tan poco tiempo?

–Oh, Blake –murmuró derretida.

Él se acercó y le pasó los brazos por la cintura.

–¿Me perdonas por ser un cerdo? Los demás saben que me siento mal. Todos están de tu lado, créeme.

–Vamos a olvidarlo –pero le gustaba saber que su familia la apoyaba, y además en contra del hermano mayor.

Blake alzó la mano y le acarició la mejilla.

–¿Estás segura de que no quieres cambiar de opinión sobre lo de marcharte? Las cosas irían bien entre nosotros.

Ella aspiró con fuerza el aire.

–No, no puedo –Blake quería una relación a corto plazo, y ella no.

Los ojos de Blake se nublaron con pesar e inclinó la cabeza para besarla. El teléfono sonó justo entonces, pero ambos lo ignoraron.

Dejó de sonar y volvió a oírse otra vez. Samantha se retiró.

–Debería contestar –dijo, y Blake asintió con gesto torcido.

Era Clarice. Samantha miró a Blake mientras escuchaba, y luego dijo:

–Sí, le he pasado el mensaje, señora Richardson.

Blake apretó los labios mientras extendía la mano para que le pasara el teléfono.

–¿Cuál es el problema, Clarice? –preguntó guardando silencio un instante mientras escuchaba–. Verás, estoy muy ocupado ahora mismo –otra pausa–. Se ha hablado del tema esta mañana en la reunión. Mi hermano Trevor va a trabajar contigo en esto –escuchó–. Sí, muy bien –colgó y le dio un beso fugaz a Samantha–. Tengo que ir a ver a Trevor antes de que Clarice se me adelante. Me temo que no sabe lo que le espera con esta mujer.

Capítulo Once

Justo antes de la comida, Melissa entró en el despacho cuando Blake estaba hablando con Samantha sobre una carta.

–Te he reservado un hueco para un tratamiento en el spa conmigo a las cuatro, Samantha. Necesitas mimarte un poco.

Ella parpadeó.

–Oh, pero…

–Nada de peros. Últimamente ya no doy masajes, pero he decidido darte uno a ti –Melissa le sonrió a su hermano–. Además, Blake te da permiso.

–Por supuesto –él sonrió.

–De acuerdo, gracias. Y gracias a ti también, Melissa.

–De nada. Te veré luego –dijo la joven sonriendo mientras se marchaba.

Samantha siguió trabajando y a las cuatro se acercó al Tranquility Spa. El hecho de entrar en un lugar que era ejemplo de sofisticación y de paz hizo que se relajara al instante.

Melissa estaba esperándola y la llevó a una de las salas de tratamiento en la que sonaba una música serena de fondo.

–Te dejaré para que te quites la ropa. Luego

métete debajo de la sábana y túmbate bocabajo en la camilla. Enseguida vuelvo.

Samantha obedeció y cinco minutos más tarde regresó Melissa.

–Bien. Ahora creo que un masaje suave obrará el milagro –le vertió un poco de aceite en la espalda y comenzó a darle largas friegas para suavizar los músculos–. ¿Te hago daño?

–No, en absoluto. Es delicioso.

Melissa continuó trabajando, encontrando los puntos de tensión. Y entonces dijo:

–Blake ha sido muy duro hoy contigo en la sala de juntas.

Samantha se alegró de estar en la camilla con la cabeza girada hacia el otro lado.

–Luego se disculpó –Samantha gimió de placer cuando el masaje llegó a la base del cuello. No había sido consciente de cuánto necesitaba aquello.

Pero no quería hablar de Blake, así que desvió la conversación.

–¿Qué tal va el spa?

–Ahora está bastante tranquilo, pero el mes que viene habrá más actividad. Y en diciembre será una locura. Shane está preocupado por el bebé y por mí, así que he prometido contratar ayuda extra –hizo una breve pausa–. Este niño significa mucho para nosotros –dijo con dulzura.

–El embarazo te sienta muy bien. Estás absolutamente radiante.

–Gracias –Melissa se aclaró la garganta–. ¿Y

qué me dices de ti, Samantha? ¿Tienes pensado tener hijos algún día?

–Sí, me encantaría –se forzó a decir con naturalidad–. Pero sólo cuando llegue el momento correcto y el hombre adecuado.

–Perdona que te pregunte esto, pero, ¿no es Blake el hombre adecuado para ti?

Samantha sintió que se le encogía el corazón al verse forzada a enfrentarse a algo que no había querido pensar ahora que sabía con certeza que amaba a Blake. Aquél era un terreno peligroso. Amarlo como lo amaba y tener un hijo suyo sería algo absolutamente maravilloso, pero saber que no iba a suceder era como si le clavaran un cuchillo en el corazón.

Tragó saliva y se las arregló para decir con calma:

–Ya deberías conocer a tu hermano a estas alturas, Melissa. No le gusta comprometerse, y tener un hijo sería un gran compromiso.

–¿Por eso te marchas?

Samantha no vaciló al contestar. No podía permitírselo.

–No. Me marcho porque es lo mejor para mí –afirmó.

Entonces se hizo un breve silencio.

–Entiendo.

Para alivio de Samantha, Melissa cambió de tema y hablaron de cosas banales hasta que terminó el masaje.

–Y ahora dime, ¿cómo te sientes? –preguntó Melissa.

172

–Como si fuera a caerme de la camilla.

–De eso se trata –se rió la joven–. Te dejaré para que te vistas. Tómate tu tiempo y hazlo relajada.

Samantha se las arregló para sentarse y se cubrió con la sábana.

–Gracias por esto, Melissa –le dijo con sinceridad–. Me siento de maravilla.

–Entonces he hecho bien mi trabajo –sonrió la joven mientras se marchaba.

A Samantha se le borró la sonrisa en cuanto la puerta se cerró y se quedó sola. Tal vez su cuerpo se sintiera mejor, pero tenía roto el corazón. Y eso no podía arreglarlo nadie.

–¿Qué tal el masaje?

Samantha cerró la puerta de entrada y vio a Blake apoyado en el quicio de la cocina, como si estuviera esperando a que volviera a casa.

–Maravilloso –dijo sonriéndole con expresión vacía.

–¿Qué ocurre?

Samantha lo miró y sintió que se le rompía el corazón.

–Creo que necesito que me abraces, Blake.

Él se acercó y la estrechó entre sus brazos.

–¿Qué te ocurre? –le preguntó frunciendo el ceño.

–No nos queda mucho tiempo para vivir esto –murmuró Samantha.

–Tú has escogido irte, Samantha.

173

–Lo sé –Blake no lo entendía–. Quiero ir a la cama, Blake. Hagamos el amor hasta que salga el sol.

Una vez en el dormitorio, cerró los ojos mientras hacían el amor con toda intensidad. La idea de dejarlo, de no tener nunca un hijo suyo, de no compartir la vida con él, estaba acabando con su mente. Nunca había sentido una emoción tan profunda y lloró suavemente cuando acabó. Sería mucho peor cuando dejara a Blake para siempre.

Blake se levantó a la mañana siguiente con cuidado de la cama antes del amanecer, se puso los pantalones del pijama y la bata y dejó a Samantha durmiendo mientras bajaba a prepararse un café. Se sentía muy incómodo, tenía un apretado nudo en el estómago del que no podía librarse.

Samantha había llorado la noche anterior después de hacer el amor. Nunca había hecho eso antes. Estaba claro que albergaba fuertes sentimientos hacia él, y ahora estaba convencido de que esos sentimientos eran la razón para que se fuera. No había pronunciado las palabras en voz alta, pero lo había notado cada vez que lo acariciaba. ¿Sería posible que lo amara?

Él no podía amarla a ella.

Diablos, tendría que haberlo visto venir, después de todo él era el de la experiencia. Enamorarse de Samantha o de ninguna otra mujer no estaba en su agenda. Nunca le daría a ninguna persona tanto control sobre él.

Justo entonces se encendió la luz de seguridad del porche de atrás y vio a alguien subiendo las escaleras. Blake abrió la puerta trasera justo cuando Gavin iba a agarrar el picaporte.

–Veo que has olido el café –dijo sacando otra taza del armario–. ¿Qué haces fuera tan temprano?

Gavin empezó a quitarse los gruesos guantes.

–Iba a dar un paseo para despejarme y vi la luz encendida.

Blake frunció el ceño mientras servía café en las tazas.

–¿Hay algo en particular que te preocupe? –preguntó pasándole una taza a su hermano–. ¿El proyecto del bungaló?

–En absoluto –Gavin se encogió de hombros–. Supongo que se me hace un poco raro estar de nuevo en casa. Me afecta más a esta hora de la mañana, y normalmente salgo a tomar un poco el aire.

–Sé a lo que te refieres.

Gavin lo miró con curiosidad.

–Me sorprende. ¿No tienes una dama encantadora que te calienta la cama y te ayuda a mantener a raya esos pensamientos?

–¿La tengo? –Blake mantuvo una expresión neutra.

Gavin sacudió la cabeza.

–Tú siempre igual, nunca compartes tus sentimientos con nadie.

Blake apretó los labios.

–Igual que tú.

–Lo único que puedo decirte es que nunca pensé que serías tan tonto como para dejar marchar a Samantha –le dirigió una mirada desafiante–. ¿Es que no sientes nada por ella?

–No –mintió sintiéndose como un traidor.

–Siento oír eso –aseguró Gavin.

Entonces una figura apareció de pronto en el umbral.

–No lo sientas, Gavin –dijo Samantha con el dolor reflejado en los ojos pero con rostro digno–. Yo no lo siento.

A Blake se le cayó el alma a los pies.

–Samantha, yo…

–No hacen falta las explicaciones, Blake. No debería haber estado escuchando, pero me alegro de haberlo hecho –aseguró con un hilo de voz antes de girarse y salir de allí corriendo.

Gavin dejó su taza de café sobre la mesa.

–Os dejaré solos para que arregléis las cosas –dijo.

Blake asintió con dureza mientras su hermano se dirigía hacia la puerta de atrás y se marchaba. Él se quedó allí en la cocina durante un minuto antes de ir tras ella. Haría lo posible por arreglar el daño, pero para ser sinceros, las cosas entre Samantha y él no podían arreglarse. Seguramente fuera mejor así.

***

Samantha apenas podía ver cuando subió a toda prisa las escaleras hacia el refugio de su dormitorio. Al despertarse había bajado en camisón para buscar a Blake, sorprendida al escuchar la voz de Gavin. Ni en sueños habría imaginado que hablarían de ella.

No podía seguir en Aspen. Ya no. Se marcharía cuanto antes. Sacó las maletas del armario y las puso encima de la cama. Contuvo un sollozo mientras empezaba a echar la ropa dentro sin ningún cuidado.

–¿Samantha? –la llamó Blake con dulzura desde el umbral–. Samantha, tenemos que hablar.

Ella lo miró pero siguió guardando jerseys en una de las maletas.

–No. Me voy.

Él maldijo entre dientes.

–Lo siento.

–Lo único que sientes es que te haya oído –aseguró ella dolida–. Has hecho que sonara tan… barato. Como si yo no valiera nada.

–No era mi intención hablar así de ti. Sencillamente, no quería que Gavin supiera lo que había entre nosotros.

–Por supuesto, qué tonta soy –se burló Samantha irónicamente–. No podemos permitir que el gran Blake Jarrod muestre ningún sentimiento, ¿verdad? Ni a su familia ni a mí. Tus palabras me han demostrado que no me respetas como persona, Blake. Ni desde luego, tampoco como amante.

Él palideció.

–No digas eso –gruñó–. Te respeto. No hay nadie a quien respete más.

–No es eso lo que me ha parecido. Pero no puedo echarte la culpa de todo –reconoció–. No me hiciste ninguna promesa. Trataste de advertirme de que no esperara nada serio de esta relación. Sin embargo, creí que compartíamos algo especial.

–Así es.

Ella negó con la cabeza.

–Se acabó –de pronto captó un sutil cambio en su rostro, un cambio que Carl no había mostrado cuando la rechazó. Se quedó paralizada y el corazón se le detuvo. ¿Sentiría Blake algo por ella después de todo?–. A menos que… ¿puedes darme una buena razón para que me quede?

Se hizo el silencio. Samantha esperó, pero la expresión de Blake se hizo más reservada.

–No, lo siento. No puedo darte una razón para que te quedes.

A ella le costó mucho trabajo recomponerse, pero recuperó el aliento.

–Eso me parecía –alzó la cabeza–. Y ahora, por favor, déjame sola. Me gustaría hacer el equipaje en paz.

Blake se puso tenso y se replegó sobre sí mismo.

–Siento mucho haberte hecho daño –Blake se dio la vuelta y se detuvo para decirle de medio lado–: El jet de la familia está a tu disposición. Te llevará a donde quieras ir.

Sus palabras le atravesaron el corazón.

–Gracias.

Blake cruzó el pasillo para dirigirse a su suite y cerró la puerta suavemente tras él. Samantha se sentó sobre la cama y agarró una almohada para acallar sus sollozos. Se dijo que en aquel momento tenía derecho a llorar.

Capítulo Doce

Media hora más tarde, Blake se había duchado y vestido y esperaba sentado en su despacho del hotel con la silla de cuero girada hacia la ventana. Una nieve ligera había comenzado a cubrir el paisaje y un sol débil brillaba sobre las montañas. A aquella hora del día normalmente estaba en Pine Lodge haciéndole el amor a Samantha. Ahora sólo podía pensar en que se marchaba.

Le dolía mucho pensar en el daño que le había hecho. Pero no había sido capaz de pronunciar las palabras acertadas para que se quedara. Sabía que ella deseaba que dijera que la quería, pero aquellas palabras ya no estaban en su vocabulario. La última vez que las había utilizado había sido muchos años atrás con su madre, justo antes de que muriera. No había vuelto a decírselas a nadie nunca. Toda su vida desde entonces había estado dedicada a evitar el compromiso.

Entonces escuchó un ruido detrás de él y sintió una tirantez en el pecho. Había venido a darle el último adiós.

–¿Qué ha pasado con Samantha, Blake?

Erica.

Giró la silla y observó el rostro triste de su hermanastra. Estaba claro que había hablado con Gavin. Blake agarró un bolígrafo.

—Está haciendo las maletas para marcharse.

—¿Y vas a permitir que lo haga?

Él se encogió de hombros.

—Quiere irse. No puedo detenerla.

Erica se acercó más a su escritorio frunciendo el ceño.

—¿Qué ha pasado entre vosotros?

Blake la miró con hostilidad.

—No es asunto tuyo, Erica.

—Eres mi hermano. Sí es asunto mío.

—Hermanastro —la corrigió él.

—Esto harta de esto —afirmó la joven con valentía—. Tenemos la misma sangre y eso me convierte en una Jarrod, Blake. Eres mi hermano tanto si te gusta como si no. Por el amor de Dios, Blake, ¿cuándo vas a bajar la guardia y dejar que la gente entre?

—No sé a qué te refieres —contestó él tenso.

—Me refiero a que no dejas que una nueva hermana entre en tu vida porque temes que te deje como tu madre al morirse. Y no dejas entrar a Samantha en tu corazón por el mismo motivo. Tienes miedo a resultar herido.

—Eso es ridículo —le espetó él—. Y esto no es asunto tuyo, Erica.

—Piensa en ello. Tu madre murió cuando tenías seis años. ¿Y qué me dices de tu padre? Donald Jarrod se encerró en sí mismo cuando su mujer murió, y su modo de afrontarlo fue concentrándose en sus hijos. Os forzó a todos a dar lo mejor de vosotros mismos y a ti más que a ninguno por ser el mayor. Sospecho que quería que sus hijos fueran completamente independientes. No quería que sufrierais por nadie. Como le pasó a él.

–Ya basta, Erica.

–Así que no sólo perdiste a tu madre cuando eras pequeño, sino también a tu padre. No es de extrañar que no permitas que nadie se acerque a ti.

Blake volvió a abrir la boca para decir algo, pero las palabras de Erica habían empezado a cobrar sentido para él.

–Todo el mundo tiene un punto de inflexión –continuó ella–. La muerte de tu madre fue el de nuestro padre. Se refugió en mi madre en busca de consuelo. ¿Quién dice que tú no harás lo mismo?

–No quiero a ninguna otra mujer después de Samantha –gruñó–. Nunca la querré.

–¿Te has oído? –Erica lo observó fijamente durante un instante–. Tú la amas, Blake.

La cabeza empezó a darle vueltas.

–No.

–Sí. No permitas que sea demasiado tarde cuando te des cuenta. Puede que no tengas una segunda oportunidad.

Blake tragó saliva mientras en su interior algo profundo se alzaba como una sombra en la ventana y finalmente admitía lo que tenía delante.

Amaba a Samantha.

Y entonces comprendió finalmente el alcance de la pérdida de su padre. La idea de que Samantha pudiera morir le estrujó de tal modo el corazón que apenas podía respirar.

Se puso de pie de un salto.

–Tengo que ir a por ella –consultó su reloj–. Puede que todavía no haya salido del refugio.

–Se ha subido en el coche del chófer. La he visto marcharse –Erica señaló hacia la puerta–. Corre. Me aseguraré de que el avión no despegue. Y ten cuidado, ¿vale? Han caído las primeras nieves, y ella te querrá de una pieza.

–Lo tendré –Blake ya estaba casi en la puerta. Entonces se detuvo un instante, consciente de que tenía que hacer algo. Volvió al lado de Erica y la besó en la mejilla–. Gracias, hermanita.

Ella sonrió emocionada ante el hecho de que la hubiera llamado «hermana» por primera vez.

–¿Va a tardar mucho, Jayne? –preguntó Samantha tras haber embarcado en el jet privado de los Jarrod y ver que no pasaba nada. Ni siquiera habían entrado en la pista de despegue.

–Lo siento, señorita Thompson –se disculpó la azafata–. Es el tiempo. Hay una tormenta. Vamos a tener que esperar a que pase.

Samantha miró por la ventanilla de su asiento hacia el aeropuerto cubierto de nieve. Unas semanas atrás, antes de que decidiera renunciar, estaba deseando que cayeran las primeras nieves sobre Jarrod Ridge. Ahora tenía que regresar al cálido clima de California y tratar de no pensar en lo mágico que habría sido estar allí en brazos de Blake.

–De acuerdo, gracias Jayne –dijo sonriéndole sin ganas a la otra mujer.

La azafata regresó al fondo del avión y la dejó allí sola mirando por la ventanilla. Había hecho lo posible por reparar su rostro tras la sesión de llanto, pero cuanto más tiempo seguía sentada allí, más ganas de echarse a llorar le entraban. Todo había terminado. Iba a marcharse de Aspen. Iba a dejar a Blake para siempre.

Cuando estaban a punto de caerle nuevas lágrimas, atisbó movimiento en la puerta cercana. Inspiró profundamente y miró para ver qué estaba pasando.

¡Blake!

Estaba allí de pie mirándola, y luego se acercó a ella cruzando la cabina. Se detuvo frente a su asiento y la miró.

–No te has despedido, Samantha.

Ella se humedeció los labios.

–Pensé que no querrías que lo hiciera.

–No quería –a Samantha le dio un vuelco el corazón ante su sinceridad–. Lo cierto es que... no quiero que te despidas porque no quiero que te vayas. Quiero que te quedes conmigo –la ayudó a ponerse de pie y la miró con una emoción en los ojos que estuvo a punto de cegarla–. Te amo, Samantha.

Ella supo al instante que estaba diciendo la verdad.

–Dímelo otra vez –le susurró.

–Te amo.

–¡Oh, Dios mío! –le rodeó el cuello con los brazos–. Yo también te amo a ti, Blake. Muchísimo.

Entonces él la besó y Samantha se colgó de él, sintiendo cómo sus corazones latían al unísono.

–Te amo, Samantha –le repitió cuando dejó de besarla–. Más que a la vida.

Ella suspiró feliz.

–Yo siento lo mismo. Y sin embargo ibas a dejarme marchar.

–Puedes agradecerle a Erica que no lo haya permitido. Ella me hizo ver un par de cosas.

–Gracias, dulce Erica –murmuró Samantha.

Blake sonrió y luego se puso serio.

–Espero que puedas perdonarme por lo que le dije a Gavin. Tenías razón: no quería que nadie supiera lo que siento por ti. Me lo ocultaba incluso a mí mismo –añadió–. Y espero que me creas, pero estaba tratando de protegerte. No quería que supieran que tú también sentías algo por mí.

Samantha se lo agradeció con la mirada.

–Claro que te perdono, cariño –dijo disfrutando de cómo sonaba aquella palabra en sus labios–. Si no le hubieras dicho eso a Gavin, probablemente esto habría quedado sin resolver.

Blake se rió.

–Erica nos habría obligado a resolverlo, no lo dudes. Mi hermana es una mujer muy decidida.

«Mi hermana». Samantha se emocionó. Así

que también había permitido que Erica entrara en su corazón. Qué maravilla. Ahora podía ser el hombre que en realidad era con su familia.

Y con ella.

De pronto había muchas cosas de las que había que hablar. Tenía que contarle cuándo fue el momento en que se dio cuenta de que lo amaba, y tenía que explicarle lo de los celos que quiso darle. Seguramente se reiría de eso.

–Samantha –dijo interrumpiéndole los pensamientos–. Insisto en que no dejes la música. Quiero que te pongas en contacto con la persona de la escuela de música que mencionó Erica.

–Oh, Blake, no estoy renunciando a nada –aseguró con dulzura deslizándole las manos por la barbilla –. Tengo todo lo que quiero aquí mismo.

Él frunció el ceño.

–Pero…

Samantha sonrió al ver su preocupación.

–De acuerdo. Me pondré en contacto con ellos. Tal vez en el futuro pueda ayudarlos de alguna forma, pero por favor créeme, el piano no es una parte importante de mi vida. Vivir aquí contigo y formar parte de tu familia es más que suficiente para mí.

–Eres muy especial, cariño –Blake posó los labios sobre los suyos, y luego dijo–: Vámonos ahora mismo a Las Vegas a casarnos.

Samantha parpadeó.

–¿Casarnos? –por muy absurdo que pareciera, no había pensado a tan largo plazo. Había estado demasiado ocupada asumiendo que Blake la amaba–. ¿De verdad quieres casarte conmigo, Blake?

Él le acarició la mejilla.

–Sí. Quiero tener tus besos el resto de mi vida.

Samantha atrajo su boca hacia la suya y lo besó con dulzura.

–Aquí tienes uno para empezar.

Cuando dejaron de besarse, Blake dijo:

–Pero todavía no me has dado una repuesta. ¿Quieres casarte conmigo?

–¿Te cabe alguna duda?

–La verdad es que no.

–Eres un engreído increíble, Blake Jarrod –bromeó ella.

–Y eso es algo bueno en esta situación, ¿no crees?

Samantha lo miró compungida y luego le vino algo a la mente.

–Pero, ¿no quieres casarte en Aspen con tu familia presente?

–No. Soy un hombre impaciente. Quiero casarme contigo ahora. Hoy –torció el gesto–. A menos que tú quieras una gran boda –no esperó a su respuesta–. Supongo que no debería privarte de una boda con tu familia.

Ella negó con la cabeza.

–No, no necesito a mi familia en este caso. Los quiero mucho, pero lo entenderán. Lo único que quieren es que sea feliz.

–Eso puedo garantizarlo.

–Entonces una boda para dos será perfecta, mi

amor –murmuró Samantha sintiendo una oleada de emoción.

Blake inclinó la cabeza y posó los labios sobre los suyos. Fuera del avión los copos de nieve caían en silencio, cubriéndolo todo como en el escenario de un cuento de hadas. Y eso era lo apropiado. Después de todo, su amor era un cuento de hadas hecho realidad.

En el Deseo titulado
Amor fingido, de Emilie Rose,
podrás continuar la serie
LOS JARROD

Deseo™

De camarera a amante

ROBYN GRADY

A Nina Petrelle, una camarera desas-
trosa que trabajaba en una isla para
los veraneantes más privilegiados, la
había despedido su jefe déspota
Gabe Steele... el desconocido sexy
con el que había pasado la mejor noche de su vida.

Gabe no podía decir que no a las interminables piernas bronceadas de
Nina y a su boca hábil, a la que se
moría por mantener ocupada. Pero a
pesar del sol, de la arena y de las
abrasadoras noches llenas de pasión,
lo tenía claro: sólo era una aventura
temporal. ¿O no?

Sólo había una posición en la que él la
quería...

Acepte 2 de nuestras mejores novelas de amor GRATIS

¡Y reciba un regalo sorpresa!

Oferta especial de tiempo limitado

Rellene el cupón y envíelo a
Harlequin Reader Service®
3010 Walden Ave.
P.O. Box 1867
Buffalo, N.Y. 14240-1867

¡Sí! Por favor, envíenme 2 novelas de amor de Harlequin (1 Bianca® y 1 Deseo®) gratis, más el regalo sorpresa. Luego remítanme 4 novelas nuevas todos los meses, las cuales recibiré mucho antes de que aparezcan en librerías, y factúrenme al bajo precio de $3,24 cada una, más $0,25 por envío e impuesto de ventas, si corresponde*. Este es el precio total, y es un ahorro de casi el 20% sobre el precio de portada. !Una oferta excelente! Entiendo que el hecho de aceptar estos libros y el regalo no me obliga en forma alguna a la compra de libros adicionales. Y también que puedo devolver cualquier envío y cancelar en cualquier momento. Aún si decido no comprar ningún otro libro de Harlequin, los 2 libros gratis y el regalo sorpresa son míos para siempre.

416 LBN DU7N

Nombre y apellido	(Por favor, letra de molde)

Dirección	Apartamento No.

Ciudad	Estado	Zona postal

Esta oferta se limita a un pedido por hogar y no está disponible para los subscriptores actuales de Deseo® y Bianca®.
*Los términos y precios quedan sujetos a cambios sin aviso previo.
Impuestos de ventas aplican en N.Y.

SPN-03   ©2003 Harlequin Enterprises Limited

Bianca

***En la vida perfectamente organizada de Rafael,
no había lugar para el romance***

El primer encuentro de Libby Marchant con el hombre que se convertiría en su jefe acabó con un accidente de coche.

La imprevisible y atractiva Libby desquiciaba a Rafael. Afortunadamente, era su empleada y podría mantenerla a distancia. Al menos, ése era el plan. Pero, muy pronto, su regla personal de no mezclar el trabajo con el placer iba a resultar seriamente alterada. Y lo mismo su primera intención de limitar su relación a un plano puramente sexual...

*Un hombre
arrogante*

Kim Lawrence

Deseo™

Cautivado por la princesa

SANDRA HYATT

Con un compromiso de conveniencia
la princesa Rebecca Marconi haría ca-
llar a su padre, que la presionaba para
que aceptara un matrimonio concerta-
do. Logan Buchanan necesitaba su in-
fluencia real para asegurar unos importante contratos en el país de Rebecca.
Por eso acordaron limitarse a unas
cuantas muestras públicas de afecto
perfectamente preparadas, pero Logan
no hacía más que pensar en compartir
escenarios privados, apasionados y
sexys con su prometida fingida… y
pronto consiguió que la princesa le en-
tregara las llaves de su castillo.

*Deseaba desatar la pasión
que lo consumía*